Anna Karenina (Hrsg.)

Eine phantastische Erzählung

zum Fliegen geboren

Herstellung und Verlag:
BoD – Books on Demand, Norderstedt

*Bibliografische Information der Deutschen Nationalbibliothek:
Die Deutsche Nationalbibliothek verzeichnet diese Publikation
in der Deutschen Nationalbibliografie; detaillierte bibliografische
Daten sind im Internet über http://dnb.dnb.de abrufbar.*

Font set from Palatino and Lato.

ISBN: 978-3-7597-6903-9

Es gibt mehr als diese Welt, diese Realität.

Es gibt das Leben. In einer Vielfalt und Tiefe,

wie sie sich kein Mensch bisher vorstellen kann.

Und dieses Leben beginnt gerade erst.

Anna K.

INHALT

Eine phantastische Erzählung (3)   Finde dich

Eine phantastische Erzählung (4)   Eine neue Welt

Niedergeschrieben von
Alpha

Eine phantastische Erzählung (1)

gewidmet
meinem Liebsten

Ich MUß annehmen,
daß du meine Erfahrungen der letzten Tage
mit mir teilst.

Oder du wärst nur
ein unglaublicher Kristallisationspunkt meiner
"kreativsten Fantasien".

Personen in nahezu griechisch-alphabetischer Reihenfolge :)

Alpha: ich
Omega: mein Liebster
Gamma: Freundin Gamma

Pa: mein Innerer Gott

SIE: mehrere, DORT

ES: keine Ahnung; etwas lichtes mein ich …

Vorwort

Du warst wiedermal weg.
Seit unsrer ersten Begegnung verschwandest du immer mal.
Wohin? Ich weiß es nicht.

Doch dieses Mal war es anders.
Anfangs machte ich mir nicht mehr Gedanken als sonst.
Doch als du verschwunden bliebst, begann ich zu suchen.
Ohne Erfolg.

_

Ich hatte viel Zeit
über DICH, GOTT und die WELT nachzudenken.

Was mich zu sonderbaren
aber auch ganz erstaunlichen Gedanken brachte.

_

Info :)
Ich spreche mit meinem Inneren Gott, Pa.
Das ist NICHT der Gott der Bibel.

Ich vertraue Ihm und ich vertraue
meiner Inneren Wahrnehmung.

Und ich vertraue dir
mein Liebster
ABSOLUT :)

1. Kapitel

Du kommst leise. Du gehst leise. Du verschwindest.
Ja, ich hatte mich … gewöhnt.

Doch dieses Mal …
deine Energie war verschwunden;
sonst konnte ich deiner Energie nachspüren.
Dieses Mal nicht.

Gedanken fließen:
Was, wenn Omega kein so lichter Mensch ist?
Was würde aus meinen Versprechen Pa gegenüber?

Meine Versprechen.
Irgendwann, nichtsahnend:
Pa: Bist du bereit Omega zu heiraten?
Ich falle fast in Ohnmacht.

Ego beginnt SOFORT durchzudrehn, diskutieren zu wollen.
Seele fällt auch fast in Ohnmacht; schluckt, weint … .
Und aber ja; WIR VERTRAUEN PA.

Bin ich bereit dich zu heiraten?   Ja.
Kirchlich?   (meine Interpretation)   Ja.
Kind?   (hä ??? völlig unklar ???)   Ja.
Blanko?   (ohne daß ich den Inhalt kenne) Ja.

Was, wenn Omega kein so lichter Mensch ist?
Was würde aus meinen Versprechen Pa gegenüber?

JA, ich stehe auch dann zu meinen Versprechen.

Dein Verschwinden war … anders.
Dein letztes Kommen war … anders.
Dein abruptes Schweigen war … anders.

–

Dein ganzes Sein ist so … fein, so … sanft, so … .
Und hat in mir unglaublichste Verletzungen aufploppen lassen.
Verletzungen, die ich jetzt -ENDLICH- heilen konnte.

Ich hatte, seit wir uns kannten,
viel in meinem Innen aufgeräumt, geheilt,
Platz für NOCH MEHR LICHT geschaffen. :)

Und ja, es gibt dieses Etwas,
was du verschweigst, verschweigen mußt(?);
was dich drückt, (?)dunkel(?).

–

Ich ging auf Radtour.
Die geplante Tour ging SCHIEF, dafür
1.000km Gedankenfreizeit.

Pa, Versprechen, Visionen: normal für mich.

Visionen auf der Radtour: völlig neues Level.

Info :)
Was immer mir gezeigt werden soll bzw. wonach ich frage;
die Antwort erhalte ich als Bild, Text, Film aus meinem eigenen
Speicher; also Filme, Bücher, Geschichten, Erfahrungen die
in MEINEM Speicher/Gehirn hinterlegt sind. Habe ich nichts
passendes hinterlegt, wird das … ÄHNLICHSTE verwendet.

- Du bist nicht mehr auf der Erde.
  (?)Weltraum, (?)Kolonie, viele Menschen,
  technische Umgebung.
- Ich soll dir folgen.
  Ich sehe meine Wohnung,
  alles noch da, meine Energie fehlt.
  Ich würde für die Hiesigen genauso unerreichbar sein,
  wie du es im Moment (der Vision) für mich bist.
- Ich soll meine Angelegenheiten (Papiere etc.) in Ordnung
  bringen (so wie bei einem längeren Auslandsaufenthalt).
- Ich würde ins fremdsprachige gehen.
- Ich sollte dir mitteilen, daß Kind ausgezogen ist.

Die Intensität DIESER Visionen war soviel … realer.

Ich kam von Radtour zurück, hatte Probleme mit der Anpassung
UND hatte Probleme mit dieser neuen Art Visionen.
Und ja, ich hatte … latente Zweifel.

2. Kapitel

Der geplante Tag ging SCHIEF, dafür
meine Freundin Gamma.

Sie hatte GLEICHARTIGE Visionen.
Ich war nicht verrückt.
Sie sagte:

> Omega ist von dieser/unserer Erd-Ebene weg,
> auf einer anderen Ebene, immer noch Erde,
> sogar deine Wohnung. Er wartet auf dich.
>
> Wenn du bei ihm bist …
> sie sah uns "umarmen"/verbinden
> und diese Ebenen würden sich
> wieder verbinden/wieder zu einem,
> was eigentlich der natürliche Zustand war.

Alles scheint so verrückt und doch ergibt endlich alles Sinn.

Ich folge dir in deine Welt.

Ich bin überwältigt von der Lichte.
Nach und nach erkenne ich strahlende Wesen,
die mich begrüßen, freudig begrüßen, auf mich zukommen.

Ich solle zulassen, Teil von ihnen zu werden, von ihrer Energie.
Ich schalte den Verstand aus, werde Teil dieser Herzmenschen.

Gamma: Ob ich dich erkenne?
Nein, ich spüre nur deinen Blick.
Gamma: Ich soll auf diesen Blick zugehn.

Ich umarme dich.
… und breche schier zusammen.

Bei mir kommt an:
    DORT ist deine Heimat, deine … Aufgabe.
    Daß du DORT bleibst.

Gefühlt war es das Ende im HIER.

Es zerlegt mich, wortwörtlich.
Alles, wo ich dich in mein Sein gefügt hatte,
zerfällt zu … Nichts, hinterläßt … Leere.

Das Skelett meines Seins wird zersetzt von -zig
klitzekleinen Löchern Leere; hinterläßt
ein … (?)filigraneres Skelett(?) … .

Mein grundlegendstes Sein wurde verändert.
Ich bin … nicht mehr ich.

–

O Liebster.

Ja, diese Welt ist wunderschön;
reines Sein und bedingungslose Liebe.

Hatten wir je eine Chance?
Gegen diesen Raum der Liebe und des reinen Seins,
was kann die Äußere Welt, was können Menschen,
was kann Ich da noch bieten/geben?

–

Ja, ich bin zu tiefst verletzt. Ein Stück weit fühle ich mich
verarscht, betrogen. Von wem? Von Pa. Von dir.

–

Heftigstes Abweinen.

Diese Wut, dieses Verarscht fühlen, all diese Gegen-Gefühle
scheinen aufgehört zu haben.

Mein System scheint jetzt frei von Anhaftungen an dich.

–

Mein Weltbild:
- Gott ist die Vernetzung seiner Seelen wie
  das Gehirn die Vernetzung seiner Nervenzellen ist
- Solange man Pa als "Vater"/sich als "Kind" ansieht,
  verläßt man sich/überläßt man IHM die Verantwortung
- Sobald man sich als Gleich unter Gleichen ansieht,
  geht man SELBER in die Verantwortung

Vor Monaten wurde mir angetragen,
nicht mehr Pa/IHN sondern sie/Gleiche anzusprechen.

Meine Wut auf sie ist verpufft. Aber mein Bedürfnis
ihnen nahe zu kommen, hält sich definitiv in Grenzen.

–

Ich gehe wieder in diesen Raum.

Und nehme dich (oder meine Erinnerung an dich) wahr,
ich gehe auf dich zu, unsre Hände berühren sich,
es fließt unglaublich Energie in meinen Körper.

–

Ich tauche wieder in diesen Raum, diese Energie … wow.

Sofort kehrt Ruhe ein. Das Denken hört auf,
alles … verschwindet, da ist nur noch Sein und Liebe.

Sie haben einen Raum der reinen Essence erschaffen.
Ich bin … sprachlos.

–

Ich tauche ein, alles verschwindet. Denken wird unmöglich.

Ich "schwebe" einfach nur in diesem absichtsfreien Nichts.

Und dieses Absichtsfrei läßt jede Form, jedes Quäntchen
einer Absicht … verpuffen, einfach … nichts.

Ich muß annehmen es ist weniger die Absicht als solches,
sondern vielmehr jede Form der Illusion.

Essence läßt nur Essence über.

ALLES was ohne Substanz ist, zerbröselt, löst sich auf in
Nichts. Was es auch ist: Nichts.

Und hat Raum geschaffen für das Wahre.

–

Es schmerzt zu erkennen, daß der Partner zwar groß genug
für einen selbst war; man selbst aber nicht groß genug
für den Partner. Vorallem das Ego. autsch

–

Gott, diese/seine Energie, da fühle ich mich ich … zu Hause,
alles ziehn und zerren hört auf.

So wunderschön dieser Raum reinen Seins, reiner Liebe ist;
ich bin dort nicht ich.

Der Raum hat so eine kraftvolle Energie, daß ich mich IHR
anpasse, ankopple, selber Teil dieser Energie werde.

Deine Ausstrahlung ist sanft, unterstützend. In ihr bin ich ich,
mit meinem "Sein"; sein, was ich bin. Ich fühle mich zu Hause.

Ja, in deiner Energie fühle ich mich zu Hause.
Ob du dich in meiner Gegenwart zu Hause gefühlt hast,
oder ob du einfach in deiner Energie zu Hause warst … .

    –

Bedingungslose Liebe hat insofern eine Absicht,
daß sie das Selbst, die Seele, der sie sich hingibt,
    noch gleißender, noch heller aus sich selbst heraus
    erstrahlen lassen möchte; daß das Selbst in noch
    größerer Kraft und Intensität sich entfaltet.

In diesem Sinne ist
    Ich liebe Dich.
weniger eine Aussage, eine Gefühlsbekundung
sondern das Versprechen
    Ich werde alles tun, damit du glücklich bist,
    dich ganz und gar entfalten kannst, dich zu Hause fühlst.

    –

Rein in den Raum. Ich traf Omega, er nahm meine Hand.
Ich versank, Sein.

Als ich gehen wollte, hielt er mich an der Hand fest:
Ich hatte alles verlorn. Wir hielten, standen, schauten uns an.
[Ich] "Es tut mir leid. Ich wäre gern mit dir geflogen."
Wir standen noch, dann bin ich raus. Und ja, ich weine.

Es war erstaunlich, beides waren meine Hände, und doch war es
sein Wille, sein mich Aufhalten wollen, das meine linke Hand
meine rechte aufhalten ließ.

–

Als ich dir sagte "Ich liebe Dich", kam ich mir fast als Lügner vor,
doch heute verstand ich; ja, ich gab dir dieses Versprechen.

Auch wenn ich im Moment nicht weiß, WIE ich es werde
einlösen können.

–

Ich bin grad nochmal drin gewesen, wobei wir inzwischen eher
in unserem Privatraum sind.

Er scheint so zu wollen und nicht zu können. Als ob er sich
selbst gegenüber einen Schwur gegeben hätte, aber eher auf
menschlicher Ebene, aber trotzdem Schwur, verbindlich.

Und er hat so verzweifelt meine Hand gedrückt.
Und ich sprach über Auflösung von Schwüren und dann aber auch,
was dieser derzeitige wahnsinnige Prozeß mit mir gemacht hat;
wie er alles verändert hat.

Ja, ich liebe ihn wahrhaftig, was sich aber erst richtig anfühlt,
seit ich verstanden habe, daß das ein Versprechen ist.

Je mehr ich sprach, desto verzweifelter wurde ich,
drückte um so mehr _seine_ Hand.

Ja, er ist der Mann, mit dem ich nicht nur alt werden will,
sondern mit dem ich tatsächlich die Ewigkeit teilen möchte.

–

Ich konnte nicht mal meine Hände gemeinsam in den Schoß legen,
da faßten wir uns schon wieder an.

Er fragte, ob ich das wirklich ernst meinte, und ich bestätigte.
Und irgendwie, so aufgewühlt wie vorher alles war,
so ruhig war es dann jetzt.

Er hat sich entschieden. Ich küßte seine Hand. Ja, ich will.

Wir sind zusammen eingeschlafen,
unsere Hände berührten sich leicht, kosen sich.

–

Zum Aufwachen, unsere Hände liebkosen sich, er streichelte
mein Gesicht. Alles ist so ruhig, so friedlich, so hingebungsvoll.

–

Wenn man um den Schwur weiß, und die Worte dann spricht,
möchte man sich einfach nur hingeben, das eigene … sich selbst
um dem Geliebten zu seinem selbst zu verhelfen.
Und das eigene Herz geht über vor Liebe.

–

Omega scheint zur Ruhe gekommen zu sein. Seine Ruhe, seine
Absichtsfreiheit ist ruhiger, intensiver.

–

Wow; ich berühre einfach seine/meine Hand und versinke dann in seiner Energie.

–

Ich bin bei Gamma. Wir sitzen auf dem Balkon, reden. Plötzlich meldet sich Omega an meiner Hand. Ich falle fast vom Stuhl, verlasse fluchtartig die Wohnung.

Noch unterwegs im Park, setze ich mich auf eine Bank, bin SOFORT bei ihm, sein. Er ist ziemlich intensiv in seiner Ausrichtung, ich klinke mich ein.

Nach 10-15 Minuten lasse ich ihn erstmal los, fahre nach Hause. Zu Hause setze ich mich auf die Couch, bin wieder SOFORT … .

Es ist … unglaublich, wie ich SOFORT bei ihm bin, und SOFORT an sein absichtsfreies Sein andocken kann.

–

Ich bin völlig außer mir. Intensiv seine Hand gedrückt, er war SOFORT da, - ich weine - er hat seine Finger in meine verschränkt, hat meine Hand ganz fest gehalten, mir waren SOFORT ob der Energie/Göttlichkeit die Tränen in die Augen geschossen, und ich war nahezu SOFORT ruhig.

Anfangs erst noch eine eher äußere Ruhe ("übergestülpt") aber ja das, GENAU DAS hatte ich geschrien und dann durchwärmte mich die Ruhe, und ich kam auch von innen, aus mir heraus, mehr und mehr zur Ruhe.

Später war meine Wahrnehmung: "Besser?".

Ich sage ihm noch, er soll bald heimkommen; zeigte ihm das Bild, wo er nach dem ersten Mal im Wohnzimmer steht, mich verabschieden will und so unendlich strahlt.

–

Ich probiere zu Hause, auf Arbeit, in Ruhe, im Streß; ich kann ihn IMMER und ÜBERALL rufen. UNGLAUBLICH.

Omega und ich, wir greifen direkt von einem Raum in den anderen. Das Bild, was ich von unseren Händen habe ist, wie z.B. (?)Inkubator(?), geschützter Raum, und man greift in diese Handschuhe in den anderen Raum.

Sein Schwur sich selbst gegenüber war scheinbar dergestalt: einzig seine Arbeit/Aufgabe.

–

Gedankenblitz: Ich habe das Gefühl, beruhigt gehn zu können.

–

Jemand der groß genug ist, mich auch in meinem Schmerz und meinem Weinen einfach nur zu halten.

Ich mußte grad ganz heftig weinen, abweinen; und Omega hat mich einfach nur gehalten.

3. Kapitel

Meine sogenannte Seelengruppe, ich bin nicht mal mehr sicher,
ob sie göttlich sind, sondern einfach nur schon weiter.

–

Ich bin in diesen hoch-energetischen Raum gelockt worden,
weil ich erst von da aus mit Omega in diesen DIREKTEN Kontakt
gehen konnte.

O mein Gott. Ich weine:
Und er konnte nichts machen, einfach nur warten.

Zitat Gamma:
Wenn ich ihm in diesen Raum folge, verschwinden die Grenzen.

Ich bin kurz vorm Ausrasten.

Ich mußte durch den energetischen "INNEREN" Raum,
um jetzt im "AUßEN" eine direkte Verbindung zu haben.

Hab grad wieder ganz heftig abgeweint. Omega hat einfach nur
ganz fest meine Hand gehalten.

–

Omega hat alles gewußt, durfte mir aber nichts sagen.

–

Ich habe das Alte abgeweint und das Alles als
so-ist-es anerkannt und verinnerlicht.

–

HERRGOTT NOCHMAL !
Er hat durch meine Augen in diese Welt geschaut;
System nachkommen lassen (durchatmen).

–

20 oder sogar 30 Minuten eben mit Omega verbracht.
Ich spürte einen Ring am Finger (Ehering) -den ich noch immer
spüre- und ich "verarsch mich nicht"; also habe ich ihm unter
Tränen erzählt meine Versprechen, die Auflösung, Alles.
Und ja, ich habe JA gesagt. :)

Und dann, er schaut durch meine Augen, ich stelle mich vor
den Spiegel; er schaut mir in die Augen, ich ihm.

Bin ich inzwischen eigentlich völlig am durchdrehn?
Verarsche ich mich selbst? Ist das alles noch real?

–

Gestern abend noch, während ich irgendwas machte, wir uns
nicht hielten, schoß eine Frage (meine Frage) durch meinen Kopf,
er antwortete. Ah, ja; so wie ich letztlich immer mit Pa spreche.

Es war also ein kurzes Hin und Her. Und er weiß quasi alles.
Weil wir von dort ... (?)durchlässig ... (?)transparent sind.

–

Meine Seelengruppe ist also weniger Seelengruppe
als vielmehr meine "Einheit"?
Omega: Sozusagen.

DAS -JA- ist der Grund, wieso ich meine als durchgehend
weiblich und seine als durchgehend männlich wahrnahm.
Omega: Ja.

–

Es gibt die sogenannten Götter, höher entwickelte Zivilisationen;
und es gibt tatsächlich Gott und Liebe.
SIE: Ja.

Und ich bin jetzt in so einer höheren Zivilisation rausgekommen.
SIE: ja, nein, falsch.

Es gibt Teile der Menschheit, die über dieses höhere Wissen
und/oder Technologien schon verfügen.
SIE: GENAU.

–

Omega war auch nicht mein "Seelenplan" sondern
erst ein "Versuch" vor relativ kurzer Zeit.

"Versuch": uns zusammentreffen lassen, und uns sehen lassen,
wie wir miteinander.
SIE: ja.

All das war dann doch etwas viel, ich faßte Omega, weine ab.

Ich betrachte unser 1. Zusammentreffen. Als ob Omega dort
gewartet hatte. Für ihn Blind Date. Für mich zufällig … .

Ich betrachtete, als ich ihn am Supermarkt traf, er von sich
sagte "Ich bin kein guter Mensch" und so peinvoll/verzweifelt
aussah, sich anfühlte.

Ich wollte wissen, er stülpte mir Ruhe über. Und ja, ich lasse es
erstmal auf sich beruhn.

4. Kapitel

Vorhin meine und seine Gruppe gebeten, ihm eine Nacht Urlaub
zu geben, eine Nacht mal wieder bei mir sein zu dürfen.
Und ja, letztlich habe ich geweint, faßte Omega.

Und ich weiß nicht mehr genau, aber irgendwann lief alles
darauf hinaus, daß er ½3 kommen würde; Und
halb im Spaß/provokant, halb im Ernst
kniete er vor mir, hielt mir einen Ring in Schatulle hin.

Und ja, es gibt latente Zweifel, daß ich mir all das
zusammenspinne.

Eben unter der Dusche: "Ich bin auf dem Weg." Und dann
stroboskopartig immer wieder das Bild, wie er vor mir kniet.

Vorhin, ich ihn so gern mal wieder RICHTIG anfassen wollen;
plötzlich das Bild, wie wenn jemand durch eine Öffnung
aus dem Nichts kommt.

Mein Liebster.

    –

Vorhin auf dem Heimweg von Gamma, Omega's Bild vor Augen
und ich trage seinen Ring am Finger. Und ich wollte ihn/es
quasi verstecken und habe dann aber klar gesagt:
    Ich werde dich [Omega] nicht mehr verstecken.

    –

Ein ganz klitze-kleines Quäntchen Zweifel. Aber für das
restliche Ganze fühlt es sich ganz klar an, daß du ½3
kommen wirst.

Deine Hand fühlt sich so leer an, evtl. noch feinstofflicher
aber nicht mehr so physisch.

Omega: Ja, ich komme.
SIE: Er kommt.

–

Ich war vorhin schon mal kurz wach. Und das Gefühl war
das gleiche.

Ich, mein Äußeres Sein, mein Verstand sieht/versteht,
daß Omega nicht da war. Ja, auch mein Inneres Sein anerkennt,
er war nicht da.

Ah, ja, und doch hat mein gesamtes Sein
ÜBERHAUPT KEINEN ZWEIFEL, daß meine Wahrnehmung
bzgl. seines Kommens heute nacht KORREKT waren.

Und -das ist vielleicht das unverständlichste- für mein
gesamtes Sein fühlt es sich so an, daß es tatsächlich ... IST.

Nicht WAR, Vergangenheit, nicht mal daß es PASSIERT, also
im Augenblick umgesetzt würde, sondern daß es ... IST, so wie
SO-IST-ES.

Wohl wieder sowas wie Dichotomie.

Jesus: "Werdet wie die Kinder" die in einem Sein leben,
wo alles SO-IST-ES ist.

Daß Omega letzte Nacht ⅓3 kommt, das IST. Es ist …
unumstößlich; es ist … Tatsache. Ja, "Es ist … Tatsache"
macht das ganze vielleicht greifbarer.

Obwohl offensichtlich ist, daß all die Dinge, die ich sah,
nicht passiert sind: Omega hier, vor mir knien, Ring;
sind sie doch … "fest im Buch des Lebens", im Logbuch …
verzeichnet/verzeichnet worden/passiert.

Auf einer anderen "Ebene" IST ES PASSIERT; und nein,
ich meine nicht mal eine Parallelwelt mit einer anderen … Alpha.

Ja, vielleicht kann man es so sagen: HIER, in dieser/meiner
Äußeren physischen Welt ist es (noch) nicht passiert und doch
ist es, auf einer anderen Ebene, passiert (nicht auf seiner !)

Und ja, ich spüre seinen Ring.

Und ja, ich merke gerade, wie sich ETWAS in mir
GEGEN den Ring wehrt; ETWAS, etwas dunkles, fast schon böses;
daß um KEINEN PREIS, diese lichte Verbindung
akzeptieren kann, akzeptieren will;
weil diese lichte Verbindung ganz klar sein dunkles Sein beendet.
Dieses ETWAS fühlt sich richtiggehend EKLIG an.

LICHTE BEZIEHUNG;
dieser Bund -weinen/zu tiefst berührt- verändert ALLES.

Dieser lichte Bund wurde auf so einer lichten Ebene
geschlossen, daß er quasi als Schutzschild fungiert;
so als ob alles, was nieder-energetischer ist,
keinen Bestand darüber mehr hat UND auch nicht mehr
"angreifen/eingreifen in unser gemeinsames Sein" kann.

Oh man, geht das schon wieder los, geht diese innere
phantastische Geschichte weiter?
ES: Ja

Eben Omega kontaktiert, besser gesagt mich wieder
ins Bett gekuschelt, ihn gerufen. Wir hielten uns,
Ruhe, sonst nichts; diese Ruhe einsaugend.

Zum Schluß, die Finger verschränkt, beide Daumen nebeneinander
küßte ich plötzlich genau DORT hin, beide Daumen in einem,
ich küßte dieses GEMEINSAM, UNS, ich küßte unser WIR.

Ein WIR ist geboren. Heute nacht, mit unserer … Vereinigung
ist tatsächlich ein WIR geboren.

Nachtrag: Eine Vereinigung
schafft nicht automatisch ein WIR; im Gegenteil,
trotz … Heirat, Vermählung (mir fehlt das richtige Wort)
bleibt es meist bei einem gemeinsam von Individuen.

Kind und ich waren ein WIR.

        –

Autsch. GEMEINSAM: es gibt ein Ich und Du die vermutlich
mehr oder weniger nahe gemeinsam die gleiche "Richtung"
einschlagen; ihren jeweiligen Weg gemeinsam gehen.

WIR: es ist ein neues "Wesen" entstanden und ja, es beinhaltet
noch immer ein Ich und ein Du.

Siamesische Zwillinge ist zu physisch, zu grob. Und aber ja,
das Ich und das Du sind zu EINS verschmolzen, so wie
der Samen und das Ei zu EINS verschmelzen.

O Liebster.
Es ist so wunderschön mit dir.
Mir geht so das Herz über.
seufz :)

–

Vorhin dachte ich: kein Wunder, daß ich so müde/fertig bin
(wenn all das heute Nacht passierte). Und ja, ich sollte/mußte
schlafen dafür.

–

Ich hatte das Bild von Kind und mir. Ich mußte mich erst
"entschmelzen" von Kind, bevor ich verschmelzen konnte
mit Omega.

–

Kind und ich, wir haben unser Energiefeld auch nach
der physischen Geburt nicht geteilt/getrennt.
Ja, wir waren weiterhin ein energetisches Ganzes.

Autsch; und spätestens mit der Pubertät MUß die energetische
Geburt passieren, MUß das Kind sich aus dem Energiefeld
der Mutter lösen.

Dank Papa's Unterstützung hat das wunderbar geklappt.
Er hat Kind aus meinem Energiefeld entbunden, und ihm
ein wunderbares Nest GEMEINSAM mit ihm bereitet.
Wow.

–

Verschmelzen: verschränkte Teilchen; auch wenn wir physisch weiter ein Ich und ein Du sind, werden wir als WIR agieren.

–

Schlüsselszenen in zwei zu tiefst berührenden Filmen geschaut. Und dann einen regelrechten Weinkrampf, Weinanfall bekommen; weil es vor lauter innerer Berührtheit nicht mehr auszuhalten war.

Omega gegriffen, was die Gefühle; ja, nein, nicht vertieft, nicht intensiviert autsch … VOLLKOMMENER hat hervortreten lassen.

Und ja, ich weiß, dieses Abweinen ist ganz wichtig für den Prozeß, gehört zum Prozeß.

Danach war da diese/seine große Ruhe; und ich konnte so tief und gaaanz langsam atmen, teilweise aufgehört.

Omega: Komm, geh schlafen.
Ja, du hast recht. Und aber all das ist so wunderschön, wie es heftig ist. Und aber ja. Bettchen.

Kommst du mit?
Omega: Ja. :)

O Liebster.

5. Kapitel

Meine Seele ist seit langer Zeit mal wieder richtig
ausgeschlafen.

–

Dieses Brizzeln, immer wenn man in Vorfreude ist,
im Aufbruch zu Neuem, Unbekanntem, GRÖßEREM.

Und als junger Mensch ist man "Gott gegeben"
in diesem Zustand.

Später erstickt man an sich selbst,
an seiner kleinen, überschaubaren, "sicheren" Welt.

"Gott gegebener Zustand der Jugend"

–

Ich sitze im Café (außen), habe gefrühstückt.
Auf der Herfahrt wurde mir klar, daß ich Omega heute
noch gar nicht angefaßt/gerufen hatte. Daß dieses "Bedürfnis"
(Gott zu rufen) nur in "schlechten" Zeiten besteht.

Jedenfalls hatte ich gefrühstückt und erst danach mal
seine Hand gefaßt. Und aber ja, ich bin so sehr ich
im Moment/heute morgen, daß ich quasi
"niemanden brauche", um dort hin zu gelangen.

Und nachdem ich Omega aber gefaßt hatte, durfte ich -gefühlt-
eine halbe Ewigkeit nicht loslassen.

Ich saß bestimmt 20 Minuten. Und da war auch nicht dieses
glücklich, zufrieden oder irgendwie. Da war neutrales "Sein".

Und ja, wir saßen "gemeinsam" im absichtsfreien Sein.
Und eigentlich war ich in meinem innersten eigentlichen Ich
angekommen; insofern, daß es im Moment nichts mehr zu
entfalten gab.

Und aber "sein" eben <u>nicht</u> meinem eigentlichen, ursprünglichen
Sein entspricht, sondern "erschaffen". Und aber ja, ansonsten
bin ich heute morgen ganz und gar ICH.

Und ja, ich hatte erstmals aus dieser neutralen Haltung heraus
eine Ahnung davon, ein Teil des Ganzen zu sein.

Sonst war es stets nur, wenn ich grad riesen Energiesprünge
gemacht hatte, und massivst beglückt war, meine Seele
jubilierte.

Unser eigentlicher, unser innerster Wunsch ist,
ganz und gar WIR SELBST in unserem
URSPRÜNGLICHSTEN, INNERSTEN SEIN
zu sein.

Und uns zu entfalten, entfalten zu wollen
ist lediglich der Weg, dieses
unser innerstes Sein zu leben.

Und dieses sogenannte "Werden"
ist nichts anderes,
als ALLES abzustreifen was NICHT
unserem innersten Sein entspricht.

Das ist gemeint mit der Aussage:
zu werden, was wir schon immer waren.

Und auf dieser Ebene zu verschmelzen, wahrhaft
zu verschmelzen ist der nächste "evolutionäre" Schritt
zu noch größerer Vollkommenheit.

Was ist Vollkommenheit?
Zu sein, was man im tiefsten inneren ist.

Dieser Logik folgend ist der nächste evolutionäre Schritt
schon längst enthalten. Und wir entfalten uns zu dem, was wir
im noch tieferen inneren sind: verschmolzene Seelen,
miteinander verschmolzene Seelen.

Und nach diesem "Grad" der Vollkommenheit wird es einen
noch tieferen Grad noch höherer Vollkommenheit geben.

Es gibt also tatsächlich … Gott. Und aber selbst Gott
unterliegt seiner eigenen Evolution. Denn je tiefer
die nächst höhere Vollkommenheit, desto mehr Tiefe
"erschafft sich selbst". Fraktal.

–

Vollkommenheit "erschaffen" ist eigentlich
die Essence dessen, was es wirklich ist
freizulegen.

Nicht zu schaffen, was ich denke, glaube, meine;
sondern das tiefste Innerste erfühlen
und es von allem zu befreien/frei zu legen,
was dieses Innerste NICHT ist.

Und Vollkommenheit nimmt nie ein Ende,
sie wechselt nur auf die nächst tiefere Ebene,
auf der sie in noch größerer Vollkommenheit erstrahlt.

–

Es gibt so viele Ebenen der Vollkommenheit,
wie es Bewußtseinsebenen gibt.

Der Stein lebt eine andere Ebene als der Mensch,
und dieser eine andere Ebene als Gott.

–

Kann das tiefste Innerste die Essence sein?
Im Prinzip ja und doch ist es irgendwie
das falsche Wort.

Essence ist unverdünnt,
hoch konzentriert.

Ja, nein, die wahre Essence kann nicht das Leben selbst
repräsentieren. Erst in der "richtigen Mischung"
kann das Leben sein.

Autsch.
Der Gedanke ist quasi die Essence.
Aber der Gedanke selbst ist nicht das Leben.

Mit was mischt/vereint sich der Gedanke,
um Leben zu sein?

–

Mein Liebster. Mein Körper ist grad UNENDLICH müde.

–

Ich habe geschlafen wie ein Stein.

–

Als ich vorhin heim fuhr passierte folgendes:
Ich sah einen Mann, dachte tatsächlich es sei Omega,
war eifersüchtig auf die Frau an seiner Seite, und als ich
meinen Fehler erkannte, dachte ich:

daß ich glaube, ihn hier draußen sehen zu können,
läßt mich also zweifeln, daß das im Innen wahr ist.
Aber meine Gedanken sind göttlich (was ich vorher
über Vollkommen etc. gedacht hatte).

Ich selbst (auf normalem ich-Niveau) hätte diese Gedanken
nicht denken können; nur auf extrem hohen Energieniveau.

Und ich -ja- nehme mal an, daß ist auch der Grund,
daß ich schlafe wie ein Stein.

–

Vollkommenheit; Bildhauer sprachen immer wieder davon,
daß sie lediglich das weg genommen hätten was nicht … .

–

Ich bin TOTAL platt. Mein ganzes System ist ob der
extrem hohen Energien entweder überlastet oder am Anschlag.

6. Kapitel

Wow, bin ich schlecht drauf. Gestern abend, so super zeitig ins Bett, Omega's Hand; wobei es eher so ein stehendes Energiefeld war, so ganz leicht "brizzelnd"; zur Abwechslung mal keine gewaltige Aktion.

Nachts kurz Klo. War fast am einschlafen bzw. war gar nicht richtig wach. Ich liege, mache unbewußt die Hände zusammen und einen Augenblick später regelrecht <u>heftig</u> auseinander.

Jetzt, wo ich es schreibe, wo ich drüber nachdenke; muß ich annehmen daß Omega es war. Und bei allem was die letzten Tage passiert <u>ist</u>; war das KEINE Ablehnung von mir, KEIN Fremdgehn (was ist nur los, schon zum 2. Mal taucht das auf, obwohl Eifersucht überhaupt nicht <u>meins</u> ist); sondern Schutz.

Er wollte mich vor dem schützen was <u>er</u> gerade tut, weil ich … weil es mir in irgendeiner Form Schaden zufügen würde oder Schaden zufügen könnte.

Und jetzt, nachdem ich mich in all das … reingefühlt/reinge-dacht habe, ist mir so, mir ist so abgeschlafft -ach genau, <u>seelisch</u> abgeschlafft- als ob es dort einen Schaden, Angriff, also in jedem Fall einen großen Energieverlust gegeben hätte.

Noch eben war ich wie … gestrandet, Insel, allein.
Jetzt kommt mein Innen ins Tun, möchte unterstützen, helfen.

—

Ich war die letzte ½ Stunde dort. Puh, jetzt ist mir kalt.

Ich hatte unter 2 Decken gelegen; jetzt wo ich sitze habe ich den einen Arm, die eine Schulter unter der Decke; nur der andere guckt zum Schreiben raus wie ein buddhistischer Mönch.

Ich legte mich hin, deckte mich gut zu, faßte Omega's Hand.

Er war schwach, energielos, fast schon leblos. Das nächste passierte einfach aus meinem Innersten selbst heraus.

Ich war schlagartig wieder in diesem Raum reinen Seins und reiner Liebe. Er kam mir fast wie eine Serverfarm vor, von der Optik; als ob es einen Boden und eine Decke gäbe und dazwischen unendliche dieser Seelen.

Und ich -es passierte- wählte Liebe und leitete sie DIREKT zu Omega, der energetisch plötzlich wieder hochfuhr.

Der Griff seiner Hand nahm von Augenblick zu Augenblick zu, bis meine linke Hand mein Handgelenk dieser Kraft kaum noch standhalten konnte; als ob mein Handgelenk brechen würde von seiner Muskelkontraktion.

Irgendwann ließ er etwas locker und aber nein, ich durfte ihn nicht loslassen, ich mußte ganz unbedingt bei ihm bleiben.

Als er soweit zu einer gewissen Ruhe gekommen war; überlegte ich/versuchte zu überlegen, ob und wie ich auch an die anderen, seine Kollegen rankäme.

Und aber nein, mein Zugang ging einzig über ihn; nur zu ihm hatte ich Zugang, die Anderen … . Ich kenne nur meine "Seelen-gruppe" und die wenigen Male, wo ich seine "Seelengruppe" traf.

Und so langsam erhielt ich aber einen Eindruck von der Gesamt-
lage. Sie/ihnen war die Energiezufuhr "gekappt" worden (?).
Wie ein U-Boot, dem langsam die sauerstoffreiche Luft ausgeht.

Ich hatte -wie auch immer- eine neue Leitung/Verbindung
gelegt, so daß "sauerstoffreiche Luft" einströmte und
schlagartig ALLE in dieser Ebene in diesem Bereich
hochreine Energie erhielten.

Und auch mein Zustand verbesserte sich. Beim Aufwachen war
alles grau, jetzt wurden alle Farben wieder lebendig/strahlend.

Und dieser Raum des Seins und der Liebe; er ist tatsächlich
sowas wie eine Power-Bank. Ja, nein, komischerweise nicht
der Generator.

Jedenfalls versorgt er ganz viele solcher … autsch.
Im Prinzip sehe ich gerade wie ein "Gebäude". Und diese
Power-Bank ist für dieses Gebäude die Power-Bank.

Und Omega, sie haben quasi einen Raum innerhalb dieses
Gebäudes. Und denen war die Stromzufuhr gekappt worden.
Sie waren dabei, ihr seelisches Leben auszuhauchen.

Ich weine. Und doch fühle ich mich merkwürdig an
z.B. den Film "The 13th floor" erinnert.

Und ich denke an Martin Vrijland und daß das alles nur unterschiedliche Spielebenen seien "Der Avatar, der sich für echt
hält, Spiel spielt; und sich im Spiel einen Avatar erschafft."

Jedenfalls kam Omega irgendwann zur Ruhe; große, tiefe, stille Ruhe. Und noch einbißchen später habe ich ihn dann verlassen; ihn schlafen lassen.

Ich kann mich des Eindrucks "The 13th floor" nicht erwehren.

Was bedeutet das für meinen Schwur bzgl. Omega.
ES: Nichts.

Das heißt im Klartext.
ES: Der Schwur gilt.
    Schwüre gelten durch alle Ebenen und Zeiten.

Also wenn ich auf Avatar-Ebene einen Schwur gebe … .
ES: ja.

Und wer redet grad mit mir?
(schweigen)

–

Also ich bin in dieser Ebene nicht so wirklich wirklich

Omega ist in dieser UND der anderen Ebene
nicht so wirklich wirklich

und aber: unser Schwur gilt

–

Zwei Spieler sitzen an ihrem Rechner,
spielen irgendeins dieser Computerspiele;

dort drin treten sie vor den Traualtar,
dort drin geben sie sich das Ja-Wort;

und dieser Schwur bindet sie dann
in ihrem "Außen"/"realen" Welt.
ES: JA.

Stichwort: Hochzeiten in Filmen,
              Kinderhochzeiten.
ES: JA.

    –

Ok, das heißt, daß ich im Moment KEINERLEI Ahnung habe
-Martin Vrijland. JA- auf welcher Ebene des Spiels ich mich
befinde; und auf welcher Ebene des Spiels das wahre Ich ist.
ES: JA.

Und in all dem gibt es <u>EINE</u> Wahrheit: mein Schwur.
ES: JA.

Das heißt, ich habe den Spieler, der sich auf dieser Ebene
Omega nennt an der Backe?
ES: Ja.

    –

Ich versuche gerade rauszufinden, was ich von mir,
meinem Schwur und meiner Bindung an jemanden,
der mir im wahren Sein unbekannt ist, halte.

Mir geht grad Energie in einer Art durch den Körper, die ich
nicht kenne.

Dieser Schwur scheint so im luftleeren Raum. Ganz eigentlich
scheint er im Wahren ohne Bedeutung.

Das Wahre scheint einfach Nichts zu sein.

Das Nichts gebiert das Alles.

Und jedes klitzekleinste Fitzelchen von Alles scheint ein Stück
egal welcher Spielwelt zu sein.

So, als ob es entweder NICHTS
    die Gesamtheit aller Spielwelten,

oder eben die unterschiedlichsten Teile von
    GESAMTHEIT gibt, ein Stück von einer Spielwelt.

Und ja, sobald man das Nichts verläßt, gilt der Schwur durch
<u>ALLE</u> Spielwelten.

Und ja, das Nichts ist nur das Nichts,
wenn es ALLES in sich vereint, also keine Spielwelt mehr <u>ist</u>.

Doch sobald -Gott, bin ich grad völlig am … -
auch nur ein Fitzelchen Spielwelt existiert
ist das Nichts nicht mehr das Nichts sondern
    Nichts (minus) Fitzelchen.

Weißes Licht ist nur dann weißes Licht,
wenn es die GESAMTHEIT allen farbigen Lichts vereint.

Fehlt auch nur ein Fitzelchen, ein Quäntchen Farbe,
ist die verbleibende "Gesamtheit" Licht
nicht mehr weiß sondern farbig.

    –

Ich lebe also, ob ich will oder nicht, in einer Spielwelt.
ES: Ja.

–

Wie spielt man weiterhin.
ES: man vergißt.

–

ES: Es gibt 3 Grundfarben: gelb,
                                  rot,
                                  blau.

Es gibt 2 Grundgefühle: Angst,
                                  Liebe.

Es gibt z.B. die Spielwelten: Dualität,
                                  Absolutät.

Und ja, in den unterschiedlichen Spielwelten
gelten unterschiedliche "Gesetze";
              sogenannte z.B. physikalische Gesetze,
                               Göttliche Gesetze,
                               etc. pp.

Die Gesetze sind nichts anderes
als der Funktions"mechanismus".

ich: unterschiedliches Energieniveau =
     unterschiedliche festverdrahtete Funktionalität.
ES: Genau.

Also könnte ich frei entscheiden welche Spielwelt.
ES: Im Prinzip ja.
Gleichzeitig ... deine Worte, deine Welt ... .
(ES sucht nach Worten in meiner Welt)

Ah, ja, DU in dir drin
hast z.b. die Energie des Zweifels,
welche z.b. noch immer verhindert,
auf Omega's andere Ebene zu wechseln.

Du könntest schon längst auf dieser anderen Ebene
"spielen", hältst dich also selbst zurück.

Und das gilt natürlich für alle anderen
Spielebenen/Spielwelten.

Ah, ja, laß es mich so ausdrücken: [Film] "Randale-Ralf".
Du bist in die Spielhalle gegangen; dort gibt es -zig
unterschiedliche Spiele. Du hast dich für "Randale-Ralf"
entschieden und stehst nicht mehr VOR dem Spiel
in der Spielhalle; sondern bist in das Spiel gegangen.

Und von dort kommst du mit deiner dortigen
gedanklichen Begrenzung auch erstmal nicht raus.

Das Spiel selbst sieht erstmal nicht vor,
daß du über das Spiel hinaus denken könntest.

Diese Funktionalität müßtest du dir
aus dem Spiel heraus
selbst erschaffen, erarbeiten, erdenken.

So gesehn hätte ich grundsätzlich
2 Optionen -ja, genau- .

Ich könnte entweder "im" Spiel einfach mitspielen.

Oder ich könnte versuchen, das Spiel von "außen" betrachten
zu wollen und einen Weg AUS DEM SPIEL zu suchen.
ES: Genau.

Autsch: was seinerseits einfach nur eine noch andere Art
des Spiels wäre; quasi das Spiel auf Metaebene.
ES: (grins, strahl)
–

Was ist dann Omega's anderes Spiel?
ES: Ein anderes Spiel.

Aber das Göttliche ist doch in unserem Spiel implementiert?
ES: Ja, aber sie spielen ja nicht Gott.

Das heißt ER wechselt zwischen 2 Spielen?
ES: Ja.
Na super.

Das heißt ich könnte mir auch überlegen, mein (lach) "Leben"
damit zu verbringen, fremde "Spiele" zu bereisen.
ES: Ja, das könntest du.

Und würde ich ein Spiel finden, daß ich besonders
spielenswert finde, könnte ich mich in diesem Spiel
"niederlassen", "seßhaft" werden.
ES: Im Prinzip ja.
–

Gibt es dann mein innerstes Sein,
das, was ich wirklich BIN ?
ES: NEIN.

Das ist dann was?
ES: Das, was du dir für DIESES Spiel ausgesucht hast.
Da andere Spiele anders funktionieren,
anderen "Gesetzen" unterliegen,
ist man dort beim "normalen" Einstieg
jemand oder etwas anderes.

Wärest du aber wirklich
der "Wanderer zwischen den Spielen",
dann würdest du einen Teil dessen,
was in diesem Spiel dein Etwas ausmacht,
mit in das andere Spiel einbringen.

In diesem Sinne wärst du IMMER
anders als die Anderen.

AUßER
es gäbe noch einen "Wanderer zwischen den Spielen",
der ebenfalls aus DIESEM, deinem jetzigen Spiel käme.

Käme er aus einem noch anderen Spiel,
wäre sein ETWAS anders als DEINS
und wie DEINS
anders als das aller Anderen
des dortigen Spiels.
–

Omega, anderes Spiel.
ES: Das dortige und das hiesige Spiel
    arbeiten mit dem gleichen ETWAS,
    weshalb ihr nicht auffallt, hervorstecht.

Kotz.
Gibt es mal einen Tag OHNE Hiobsbotschaften?
ES: dein derzeitiges ETWAS will VERSTEHN. :)

Nachwort

Ich bin aufgestanden, hab Frühstück gemacht und hab mich dann
gemütlich auf die Couch gekuschelt.

Jetzt eben bin ich noch mal … zu diesem Wesen namens …
Omega; er schläft.

Es ist schön dieses Gefühl das ich fühle, wenn ich ihn "umsorge".
Und ja, ich kann einfach diese Alpha SEIN.

Oder ich schau von außen, genieße dieses Gefühl zu fühlen,
so wie man ein Stück Schokolade genießt.

Keine Ahnung, im Moment habe ich keine Ahnung, was ich mit
all dem anfangen soll. Oder besser: was ich
mit MIR anfangen will.

Mhh; eine der übergreifenden Gesetzmäßigkeiten lautet:

Ein Schwur in einem Spiel gegeben; bindet dich
durch alle Spiele hindurch. Egal wer in welchem Spiel
und in welcher Zeit gerade spielt.

Das heißt im Moment habe ich "Glück"; da ich mich an einen
"gleichartigen" mit dem gleichen inneren Etwas gebunden habe.

Und aber -zig Spiele später könnten wir
in völlig unterschiedlichen Spielen spielen;
und der Schwur würde uns trotzdem binden,

das heißt
    im gleichen Spiel verhindern
        und uns
    spielübergreifend zu einander hinziehen.
ES: ja.
    −

Das hier jetzt sollte ich mal als Buch niederschreiben.
ES: Jaa.
    −

Lach.
Das scheint jetzt das erste "sinnvolle" zu sein; das erste,
das tatsächlich irgendeinen Sinn ergibt.

"Eine phantastische Erzählung"
    −

Das ist doch alles Wahnsinn. Und doch, wenn ich so sitze,
die Gedanken schweifen lasse, in Gedanken miterlebe, wie ich
an dem Buch schreibe, fühlt sich das wahrhaftig, real an.

Niedergeschrieben von
Alpha

Eine phantastische Erzählung (2)
Erinnere dich

gewidmet
meinem Liebsten

Ich MUß annehmen,
daß du meine Erfahrungen der letzten Tage
mit mir teilst.

Oder
dich nicht mehr
noch nicht wieder
erinnerst.

Erinnere dich:
Ich warte in der Unendlichkeit :)

Personen in nahezu griechisch-alphabetischer Reihenfolge :)

Alpha: ich
Omega: mein Liebster
Gamma: Freundin Gamma
Delta: Freundin Delta

Pa: mein Innerer Gott

SIE: mehrere, DORT

ES: keine Ahnung; etwas lichtes mein ich …

Info:
Es gibt in dieser Zeit keine normalen Schlafzeiten,
ich schlafe mitten am Tag, bin mitunter für Stunden weg;
ich schlafe in der Zeit stets wie ein Stein.

        –

"Frühstück" trifft nur die Aussage: 1. Mahlzeit des Tages;
ist unabhängig von der Tageszeit; ist unabhängig von der Zeit
wann ich aus der "Nachtschlaf"-Zeit aufgestanden bin.

Vorwort

Du warst wiedermal weg.
Seit unsrer ersten Begegnung verschwandest du immer mal.
Wohin? Ich weiß es nicht.

Doch dieses Mal war es anders.
Anfangs machte ich mir nicht mehr Gedanken als sonst.
Doch als du verschwunden bliebst, begann ich zu suchen.
Ohne Erfolg.

–

Ich hatte viel Zeit
über DICH, GOTT und die WELT nachzudenken.

Was mich zu sonderbaren
aber auch ganz erstaunlichen Gedanken brachte.

–

Info :)
Ich spreche mit meinem Inneren Gott, Pa.
Das ist NICHT der Gott der Bibel.

Ich vertraue Ihm und ich vertraue
meiner Inneren Wahrnehmung.

Und ich vertraue dir
mein Liebster
ABSOLUT :)

1. Kapitel

Ich schau grad einen Film, ein schöner Mann.

Pling: Omega.

Pling: Schwur.

Ich will mich grad selber beruhigen:
"ich hätte es schlimmer treffen können".

Lach;
das alles ist nicht mal vorstellbar.

    Das Nichts gebiert das Alles.

    Das Nichts ist nur dann das Nichts
    wenn es Alles in sich … vereint.

    Wenn es kein Fitzelchen Alles mehr gibt.
    –

Autsch;
<u>das</u> <u>alles</u> ist erst heut vormittag gewesen,
    vor wenigen Stunden.
    –

Telefonat mit Delta:

    Ich will ein Buch rausbring.
    Morgen werde ich es schreiben.
    –

Nehme mal wieder Kontakt zu Wesen Omega auf.

Nur recht kurz. Er ist wieder wohlauf. Hielt meine Hand fest.
Ich bin etwas … distanziert ob dem heute morgen.

Und aber ja, ansonsten ist die Energie, die Omega verkörpert,
sehr schön, angenehm. Und etwas, was ich in diesem Sein,
in dieser Spielwelt erstrebenswert finde.

–

Mein Liebster. Komm nach Hause.

In meinem Leben stand ich immer mal wieder vor der
Entscheidung in 2 Welten zu leben.

Ich habe stets versucht, so konsequent wie möglich
mich für 1 Welt zu entscheiden.

Was mit zunehmendem Alter immer schwieriger wird,
da man hinter sich läßt, geliebte Menschen hinter sich läßt.

Wobei, ich habe mich entschieden dir zu folgen.

Und was schrieb ich über Vollkommenheit?

Wenn deine und meine Verschmelzung
die nächste Ebene der Vollkommenheit ist,

und du schon jetzt zwischen 2 Welten wandelst;
und sogar ich bereits den Kontakt nach dort herstellen kann,

dann wurde bereits die nächste Ebene der Vollkommenheit eröffnet. Und es ist an uns, ihren wahren Kern, ihr wahres Innerstes freizulegen, und alles zu beseitigen, was es NICHT ist.

Und dann müssen wir uns weder für eine Welt entscheiden, noch zwischen 2 Welten wandeln, weil beide Welten dann zu einer verschmolzen sein werden.

Und die logische Konsequenz wäre, daß ALLE Spielwelten ganz letztendlich zu einer einzigen verschmelzen.

Ich bin gespannt auf die nächste Ebene der Vollkommenheit.

‒

Es ist wirklich unglaublich. All die Gedanken, die da im Laufe des gestrigen Tages [Buch (1), 5. Kapitel], und des heutigen Tages [Buch (1), 6. Kapitel], durch mich durch dachten.

Und jedes mal, wenn ich sie lese, sind sie wieder genauso unglaublich und schlagen immer wieder die gleichen Saiten in mir an; und ich bin einfach nur sprachlos kann mich kaum einkriegen.

‒

Bettfein, aber nur damit ich morgen beginnen kann.
Ich bin gespannt. :)

2. Kapitel

Unglaublich. Aber ja, da sitze ich, bereit,
mein erstes Buch zu schreiben.

Vorhin, ich war so im Aufbruch:
    Guten Morgen mein Liebster :)

Und jetzt sitze ich, bereit für den Tag, bereit für dieses
Abenteuer.
    –

Omega gefaßt, aber entweder funktioniert der Zauber nicht
mehr oder es ist nicht angebracht. In jedem Fall stehe ich
noch immer unter Strom.
    –

Wow. Ich lese also Tagebücher. Und ich lese gerade
aus einem Brief, und den hatte ich ihm geschickt

    Mich zu verkriechen war schlimm, weil eigentlich hätte ich
    jemanden gebraucht der mich hält, der mich berührt.
    Vielleicht hätte er mich verstanden, vielleicht mir
    einfach nur zugehört, vielleicht mit mir geschwiegen.

Das ist, was Omega die letzten Tage getan hatte:
mich halten, mich berühren, vielleicht verstanden,
in jedem Fall zugehört und mit mir geschwiegen.

Tagebuch (vor meiner Radtour):
    Omega, wer bist du? Ich erkenne deine Energie,
    aber deine Seele ist mir gänzlich unbekannt.
    Wie gesagt, es ist, als ob du und ich zu völlig
    unterschiedlichen "Stämmen" gehörten; zwei
    völlig unterschiedliche Welten vereint würden.
    Wenn wir unsere Vereinigung, unseren Bund
    endgültig machen.

    Er ist also nicht endgültig.
    ES: Nein.

    Dieser Bund mit Omega ist so unendlich bedeutsamer,
    so weitreichender; eben 2 Welten, die so gleich,
    so vertraut scheinen; und doch eben so irgendwie
    "ein Leben lang getrennt" waren.

Kotz kotz kotz kotz.

ER ist von DORT.
ES: JA.

ICH bin von HIER.
ES: JA.

So, jetzt haut's mir doch grad die Sicherung raus.
    –

JA, im Moment fühle ich mich sogar gerade von Omega
verarscht.

Ja, er hat nur verschwiegen.
Und nein, er hat mich nicht mal in einem Glauben gelassen.

Bis vor 2 Wochen hatte ich von dieser anderen Welt … .

Ja, nein, bis vor ~~2 Tagen~~ … Bis gestern morgen
hatte ich keine Ahnung von dieser anderen Welt.

Gestern morgen hat sie sich mir offenbart.

   –

Ich muß immer wieder an den Film denken:

   "Upside Down",
     Zwei Welten, die quasi am Kopf, wie siamesische Zwillinge
     verbunden sind. Die jeweilige Welt steht "Kopf".

Omega.

   –

Diese andere Welt ist höher-energetischer. Und es scheint so,
daß ich jetzt meinen eigenen Anschluß an diese höhere Energie
<u>habe</u>, da ich noch immer auf "göttlichem" Niveau denken kann.

UND ABER Omega mich nicht mehr "füllt", sondern wir
uns auf gleichem Niveau <u>begegnen</u>.

Bettchen. Mir ist <u>innerlich</u> kalt.

   –

"Die Schöne und das Biest", "Froschkönig". Es mußte sich also
jemand in dich verlieben. Liebe überwindet alle Grenzen.

Liebst du mich?
Omega: JA. (strahlt, seine Augen leuchten)

Omega: Vom ersten Augenblick an.
Wow.

Omega, ich versteh das alles nicht.

Es ist fast so, als ob in eurer Welt etwas aufgehört hatte
zu existieren. Und du deshalb in unsre Welt kamst,
um es wiederzubeleben.

Liebe. Liebe zwischen zwei INDIVIDUEN.

Denn obwohl … (plötzliches erkennen)
weil ihr reine Liebe in euren "Serverfarmen" erntet.

In diesem Sinne seid ihr zur reinen Leistungsgesellschaft
geworden.

Das, was wir ROMANTIK nennen.
Soetwas gibt es bei euch nicht. Nicht mehr.
Omega: Ja. (traurig, niedergeschlagen, läßt den Kopf hängen)

Ihr habt Gott entzaubert.
Omega: Ja.

Das ist doch alles Wahnsinn.

Ich kann auf höchsten Niveau denken. Unsre Energien haben
sich angeglichen, du kannst mich nicht mehr füllen/erfüllen;
eigentlich kannst du mir nicht mal mehr was … GEBEN.

Was könnte ich noch erstreben? Was könnte ich dir geben?
Was könntest du mir geben.

Indem wir auf maximalem energetischen Niveau existieren … .

Das Kribbeln, das Wohlgefühl ist nicht dann, wenn wir
ankommen/da sind, sondern wenn es AUFWÄRTS geht.

So schön und "erlösend" der Orgasmus ist,
es ist das erste Eindringen, was am köstlichsten ist.

Ihr seid eine SATTE Welt.

In einer solchen Welt verliert Essen jeglichen Reiz.

Aber nach großer oder langer körperlicher Aktivität
Radtour, Dauerlauf, körperlich erfüllend geschafft:
der 1. Schluck, der 1. Bissen, so köstlich.

Es gibt ein Satt und ein Satt.

Das eine Satt ist, daß kein Quäntchen mehr rein paßt.
Das andere Satt ist, daß der Grundbedarf gestillt ist,
kein Hunger mehr ist; aber noch jede Menge Raum für Genuß.

So gesehn, gibt es bei euch keine wirkliche Dualität mehr;
da es bei euch immer nur das EINE gibt, aber nicht mehr
das Andere. Bei euch gibt es so gesehn, nicht mal mehr
"relativ", weil es stets nur "maximal" gibt.

Wie hast du dich gefühlt, als du für mich da warst,
als du für mich sorgen konntest?
Omega: Wunderbar. (strahlt)

Und warum?

Omega: Weil ich geben konnte (wird ganz leise). Weil ich mein viel mit dir teilen konnte. Und aber ja, dazu ist notwendig, daß DU weniger hast.

O Gott.

Und ja, ich kann dir versprechen, zumindest wenn man in diesem Grundmaß SATT ist, daß es sowohl köstlich ist zu geben als auch zu nehmen.

Und ist man aber immer nur der Gebende, fühlt man sich entweder ausgenutzt oder allmächtig. Und ist man immer nur der Nehmende, fühlt man sich minderwertig.

Das genüßlichste ist Austausch: Geben & Nehmen und Wachstum; mehr werden.

O Liebster.
Ihr tut mir so leid, ich habe Mitgefühl:
   Ihr habt alles und gleichzeitig Nichts.
   Ihr seid energiegeladen aber nicht wirklich lebendig.

Das war, was dich am mir fasziniert hat, mich lieben hat lassen.
Omega: JA.

lebendig: streben, Bewegung
stagnieren: tot

Ja, nein, es gibt sogar "tote" Bewegung.
   –

O mein Gott,
das ist doch alles Wahnsinn.

Satt und SATT

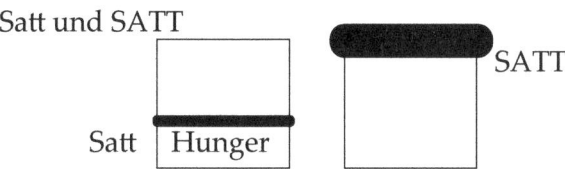

SATT

Satt Hunger

Der Genuß liegt im Wachstum, im Mehr-werden.
Wenn ich aber schon Alles bin, gibt es kein Mehr.

–

Was genau ist denn: "O mein Gott, das ist doch alles Wahnsinn."
In anderen Worten: "Ich dreh gleich durch."

Antworten auf höchstem Erkenntnis-Niveau zu geben:
Nicht ich selbst zu sein.

Nicht ich selbst zu sein … .
Ich bin VÖLLIG AUßERHALB meiner Bewußtseinsebene.
Ich denke Gedanken, die nicht meine sind. Ich bin quasi grad
ein Automat, der nur noch ausspuckt, was hinten reinkommt.

Weil all das entspringt NICHT MEINER (vorderen) Denkbahn;
sondern rattert permanent auf der HINTEREN Denkbahn
rein (über den Ticker).

ICH BIN NICHT ICH.

–

Und wer Omega bist du? Wenn ihr alle auf Endanschlag das
gleiche Energieniveau habt; und demzufolge permanent
Zugriff … .

Zugriff haben, wenn man <u>will</u> oder permanent über den Ticker reinbekommt (egal <u>WAS</u> man <u>will</u>).

Habt ihr einen Willen?
Omega: Ja.

Benutzt ihr euren Willen?
Omega: Nein.

In unsrer Welt soll uns der eigene Wille ausgetrieben werden, ja; und aber doch haben wir einen und benutzen ihn doch -noch immer- in vielerlei Hinsicht.

So gesehn seid ihr "Supercomputer" ???

Ah, Leben bedeutet <u>AKTIV</u> <u>anstreben</u>.
Dort aber wird dein Sein von Jemand oder Etwas <u>benutzt</u>.

—

Ich bin wach UND wieder <u>warm</u>.

seufz :)
Ganz zart, ganz fein selbstbefriedigt … seufz.

Wir brauchen einen gewissen Mangel um etwas wollen zu wollen. Ein Bedürfnis, einen Bedarf. In diesem Sinne müssen wir unbefriedigt <u>sein</u>, um Befriedigung zu erlangen.

Und aber ja, letztlich ist nicht das Ziel unser Ziel, sondern der Weg dahin. "Der Weg ist das Ziel."

3. Kapitel

Darüber wollt ich mal noch denken.

Es gab die eine Stelle, den einen Brief, wo ich Besuch bekam
und nicht sicher war, ob ich ihm würde widerstehen können.

Er, meine erste große Liebe. Er schon Mann, ich gerade am
Beginn Frau zu werden. Für menschliche Verhältnisse hatte er
vergleichbare Ausstrahlung: absichtsfrei.

In seiner Energie, in seiner Gegenwart konnte ich mich
entfalten, werden, beginnen zu erblühen.

Mit seiner Gegenwart, ohne mich zu "nehmen",
hat er meine Sehnsucht befeuert, werden zu wollen;

und ohne mich zu nehmen, bin ich aber nicht in SEINE "Form"/
habe mich nicht seiner Form angepaßt; sondern konnte aus
mir selbst heraus, in meine ganz eigene Form finden.

Als er letztlich hier war, war es schön, mich zu erinnern;
schön, so vieles zu verstehn; aber meine Sehnsucht nach DIR,
ja, nach deiner Energie war letztlich so viel größer.

Ich hatte in den letzten Wochen so viele Schatten
von meinem Innersten Sein abgetragen; war soviel strahlender,
heller, reiner geworden; einzig für dich.

Um DEINER Reinheit in angemessener, ebenbürtiger Reinheit
begegnen zu können.

Ja, vorneweg hatte ich einwenig Angst, ob ich würde
widerstehen können. Und aber bis dahin war in mir
alles glas klar geklärt.

Ich hätte mich in meiner bisher größten Reinheit selber
vergewaltigt und ja, selber beschmutzt,
verunreinigt, verdunkelt.

Wenn man eine gewisse Art Schmutz, Schatten schon an sich
trägt; ist es sehr viel einfacher, noch mehr Schatten
gleicher Art anzunehmen.

Ist man aber jungfräulich, rein;
ist dieser Schritt so unendlich viel größer.

Quasi liegt die Unendlichkeit dazwischen:
Die Unendlichkeit zwischen Licht und Schatten.

–

So gesehn wäre es spannend, ob ich mich noch mal
einem anderen Mann hingeben wöllte oder könnte.

–

Das heißt DU hast von Anfang an meine Seele geschaut.
Omega: Ja.

O Liebster.

4. Kapitel

Grad hielten wir uns an der Hand, aber es ist einfach nur "gemeinsames Sein".

Und als ich den Tag im Raum reinen Seins und reiner Liebe war … . Ja, nein, später als ich reflektierte, ich konnte es nicht beschreiben; aber ich empfand die dortigen Seelen, die Teil des Ganzen waren; und aber nicht wie Omega & ich konkret ZUGEWAND, EINANDER verbunden waren;
ich empfand deren Sein trotz dieser unglaublichen Energien als weniger erstrebenswert, denn eine konkrete zugewandte Zweierbeziehung.

‒

Und aber ja, das DORTIGE Feld - ja, ich sehe es -, es ist zwar energetisch; aber nicht göttlich, lebendig.

Es ist quasi ein "technisches" Feld.
Trotz daß es diese … Göttliche Energie ist;
ist sie in ihrer dortigen Ausprägung … tot, leer;

Sie hat ihr innerstes Sein verloren:
Veränderung; zufällige, unvorhersehbare Veränderung.

Weil, auch der Sinusstrom, die Sinuswelle erfährt ja Veränderung; aber technisch, vorhersehbar, tot.

Leben trägt eine gewisse Leichtigkeit, oder auch Schwere, Veränderung, Wollen.

Das "reine" göttliche Sein ist eben nicht "rein", nicht "steril";
sondern trägt stets eine Priese hiervon, ein Quäntchen davon.
Und diese Mischung ist veränderlich, niemals gleich.

"Stets ähnlich, nie gleich."

–

Das Leben kann keine Essence sein.

Eine Essence hat die Qualitäten:
    technisch, tot, steril.

Essence trägt nicht die Qualität:
    Bewegung, Änderung, Zufälligkeit;
    Leichtigkeit (Schwere ist eine größere Dichte
    und aber geringere Intensität von Leichtigkeit);
    Luftigkeit, Verspieltheit.

Wenn diese Qualitäten NICHT in dem Etwas vorhanden sind,
dann ist seine Grundqualtiät:
nicht Leben.

–

In eurer Art seid ihr:
    perfekt, vorhersagbar, tot.
Omega: Ja.

–

Die Aussage lautet: Ich bin aufgestanden [aus dem Bett].
Aber gefühlt lautet sie: Ich bin auferstanden.

Ich habe das Gefühl, ich bin wieder ich. Keine Ahnung,
ob Omega jetzt weg ist. Und all das jetzt weg ist. Ich bin hier.

–

Film, Frühstück … .

Eben habe ich "erstmals" Omega wieder angefaßt. Und Energie
floß, meine Seele war berührt, ich mußte "erstmals" wieder
weinen.

Sexualität ist im Idealzustand auch ein Geben und Nehmen.
Ich gebe mich dir hin, Hingabe; Du gibst mir deine Energie.

Komm nach Hause.
ES: Sein zu Hause ist dort.

Doch du warst hier in meinem Wohnzimmer angekommen.
Dort bist du der technisch, sterile Mensch; vielleicht auch
ein Bioroboter. In meinem Wohnzimmer warst du du.

Du warst in dir angekommen, zu Hause.
Und ich habe dir quasi den Raum gehalten.
"Ich bin in dir zu Hause. Du bist in mir zu Hause."

Mein Liebster.

–

Es ist schön, wenn sich ein Raum öffnet.
Und es ist traurig, wenn sich ein Raum schließt.
Und trotzdem, auch diese Trauer läßt dich lebendig fühlen.

–

"Ich werde wahnsinnig." ist in erster Linie eine Aussage,
nicht mehr man selbst zu sein. Und das hat GAR NICHTS
mit dem Außen zu tun, als einzig und allein mit MEINEM Innen.

–

Was bedeutet Berührung? In den Arm nehm, halten?
Flächiger Kontakt, Potentialausgleich.

Bin ich himmelhoch-jauchzend (aufgeladen), kann ich meine
Freude mit dir teilen. Bin ich zu Tode betrübt (massiver
Mangel), kann ich mein Leid mit dir teilen (ich trage ½ Mangel,
du trägst ½ Mangel). Und stets ist alles in Veränderung.

–

lach.
Ich versuche mich zu erinnern, an all die klaren, hohen
Gedanken. Ich kann es nicht. Ich erinnere mich nicht mehr.
Das heißt ich habe wieder ein deutlich tieferes Energieniveau.

HURRA.

–

Omega gegriffen. Ich bin wieder ich. Und ich fühle wieder wie
ich. Und ich stehe wieder zu allem, was ich versprochen habe:
Ich möchte mit dir verschmelzen, Ich möchte dich heiraten,
Ich möchte deinen Namen tragen. Ich folge dir.

Und ich liebe dich. Im Sinne dieses Versprechens:
Ich werde alles tun, daß du du bist. Egal, wer oder was
du dann bist. Egal, wo du dann bist.

Meine "Schwäche" (meine "Energielosigkeit" bezogen auf euch)
wird in deiner Welt meine Stärke sein.

–

Tagebuch:
… weil gefühlt war eine riesen große dunkle Wolke über
seiner Seele und er schien so hoffnungslos,
daß er ALLES hinschmeißen wollte.

Wenn man zwangsweise in so hoher Energie gehalten wird,
wie ist dann dunkle Wolke möglich? Und doch kann ich mir
SEHR GUT vorstellen, in dieser Starre, in dieser
Unveränderlichkeit "depressiv" zu werden.

Wenn das Leben ohne Leben, ohne Lebendigkeit ist;
dann ist das Leben tot.

"2 Welten, die so gleich, so vertraut scheinen; und doch
eben so irgenwie 'ein Leben lang getrennt' waren."

O Gott. Das schrieb ich noch VOR der Radtour,
also VÖLLIG ahnungslos. Und doch sagt es so alles.

Und ja, er/sie dort haben so völlig andere Probleme.
Unfaßbar. Unglaublich. Irre … .

84

5. Kapitel

Ich lese Tagebuch für Tagebuch und doch KOTZ;
ich könnte abkotzen ob der Manipulationen. Ja,
ich verstehe die Beweggründe und doch.

Ratter ratter ratter. Hinter Omega stehen mehrere Leute,
die diese gesamte Aktion mit eingefädelt haben.
Ach du liebe Scheiße. Was bedeutet das?

Die energetische Stilllegung?
Omega: Ja.

Also quasi "Meuterei".
Omega: JA.

Wir, hier, sind was besonderes?
Omega: Ja.

Also es gibt dich und die Anderen, und ihr alle gemeinsam
plant schon seit längerem. Und das heißt ein Teil der Gedanken,
die mir offenbart wurden, wurden auch Euch offenbart.
Omega: Ja.

Jedenfalls WUßTET ihr, daß 2 Menschen 2 Welten vereinen.
Omega: Ja.

Wie lange schon [habt ihr geplant] ?
Omega: Jahre.

Kotz. Das ist doch alles Wahnsinn.

Ja, nein, nicht daß ihr tut, nicht daß ihr plant,
sondern daß ihr in so einer Welt lebt. Wobei … .

Annahme: Ihr selbst wähltet eure Spielwelt. Ihr selbst wähltet
den Zeitpunkt. Ihr selbst wähltet also, diese eure Welt so
verändern zu wollen, wie ihr das seit Jahren plant und
nun umgesetzt HABT.

IHR habt den Schalter schon vor längerer Zeit umgelegt,
die nächste Ebene eröffnet. Die Ebene IST INSTALLIERT.
Man/Jemand könnte versuchen, diese Ebene wieder zu
verschließen, aber er kann sie nicht mehr aus dem SEIN
herauslösen. Du strahlst.

Du scheinst ein schlechtes Gewissen zu haben.

Wie er im Film "Passengers", wo er durch Systemfehler aus dem
Hyperschlaf aufwacht; und letztlich aber sie aus "Egoismus"
aus ihrem Hyperschlaf HOLT. Er ihren Willen manipuliert.
Omega: Ja, so in etwa.

JA. Du siehst selber, wie ich ob EURER MANIPULATIONEN
kotze. Noch dazu habt ihr mein HEILIGSTES [mein Innerstes]
befleckt, mißbraucht, VERGEWALTIGT.
Omega: Ja. (Kopfhängen)

Sie; wie hat sie es überwunden?
1.   es gab das Video von ihrer Freundin, die ihr sagt, sie solle
     sich traun, auch traun glücklich zu sein.
2.   es gab den Decksoffizier, der sein Verhalten keinesfalls
     entschuldigt, ihr einfach nur erklärte.

Und wenn ich jetzt auf MICH schaue:

1. du bist, was ich mir so sehr gewünscht habe; du läßt mich
    ich sein; in dir fühl ich mich ganz und gar zu Hause, weil ich
    ganz und gar ich bin; und nein, in dir spüre ich nicht diese
    sterile Energie eurer Welt; deine Energie, mit der du mich
    gehalten und getröstet und mich hast SEIN lassen, sie war
    lebendig. JA, du bist, was ich mir kaum zu wünschen gewagt
    hatte. Und Ja, in Ewigkeit.
2. meine Seele wehklagt ob eurer Welt; es ist für meine Seele
    kaum auszuhalten, euch Seelen in dieser
    Nicht-Lebendigkeit wahrzunehmen.

Es gibt nur noch eins: Ein Leben mit dir an meiner Seite,
mein Leben an deiner Seite, WIR.

–

Super; Brief schreiben, ankündigen, daß man den Brief
nicht abschickt und diese Ankündigung dann versenden.

–

Ich lese meine Briefe an Dich; "Deine Black-Box":

Seit … bist du plötzlich … verschwunden.
Es ist weniger ein Schweigen, mehr ein Verschwinden.

Ich weiß nicht was passiert. Doch frühere Äußerungen von
dir lassen mich annehmen, daß das Teil deines Lebens ist.

Es gibt diese "Black-Box" in deinem Leben; die vielleicht
jetzt, vielleicht aber auch den Rest deines Lebens
unantastbar sein wird. Können wir ein gemeinsames Leben
UM deine Black-Box erschaffen?

Wenn ich also lese, was ich VORHER bereits schrieb. Und dieses mit meinem jetzigen Wissen abgleiche; dann muß ich neidlos anerkennen: ich bin bzgl. DIR unglaublich feinfühlig.

–

Au, nächster Brief; sinngemäß:

Ich hatte dir keine Versprechen gegeben nur meinem Gott (deinen -und damit dir- manipulativen Freunden)

Ja, das tut SAUMÄßIG weh. Wow, damit kann man sich selbst nicht mehr ins Gesicht sehn.

–

Eben Omega gefaßt; seine Seele leidet. Und ja, meine Seele würde sich auch nicht verzeihen können, an seiner Stelle. Und aber meine Seele, an meiner Stelle, hat ihm bereits verziehen.

Und es schmerzt meine Seele zutiefst, seine Seele in diesem Schmerz zu sehen. Noch dazu, da es ja um MEINE Seele geht. Meine Seele bittet seine Seele, sich selbst zu verzeihen, um meiner Seele diesen Schmerz zu nehmen.

Und ja, ich glaube/gehe davon aus, daß, könnte ich Omega jetzt BERÜHREN, würde die Wahrhaftigkeit meiner Aussage in ALLEN Ebenen ankommen, und seine Seele würde sich leichter tun sich bzgl. dieser Lüge/dieser Manipulation selber zu verzeihn.

Gott, ist das alles … unglaublich.

–

Wow. <u>Ich</u> habe energetisch grad Omega an schönen Stellen …
berührt. Und er in <u>meinem</u> Körper hat sich gewunden. Ich habe
sogar seinen Penis an seinem/meinem Körper gespürt [ich, an
seinem männlichen Körper]. Alles alles alles <u>ziemlich</u>
abgefahren. Wow. Und hochgradig erotisch.

    –

Ich bin wach. Ich bin allein. Ja, nein, nicht wirklich
traurig oder enttäuscht. Nahezu: so-ist-es.

Und ich will am Buch [1] weiterarbeiten.

    –

Kotz.
Manipulation, VERSUCHTE Manipulation
von meiner Seite: Behalten wollen;
ICH WOLLTE IHN, SEINE ENERGIE BEHALTEN;
haben wollen, besitzen, einverleiben.

Verarsche, Manipulation,
Mißbrauch meines Heiligsten von ihrer Seite.

Das ist alles <u>ziemlich</u> eklig.

Wann, wo fing die Verarsche an. MINDESTENS da,
wo ich nicht mehr Pa, sondern ihresgleichen.

Dann hätten sie zumindest DIESE Anmaßung
-sich selbst als Pa auszugeben- nicht begangen

    –

Kotz kotz kotz.

Bettchen. Weiterschlafen

6. Kapitel

Gut geschlafen. Würde gern weiterschlafen.
Und zur Abwechslung mal <u>nicht</u> schreiben wollen … .

Bevor ich vorhin einschlief, nahm ich Omega seine Hand. Und es
scheint, daß seine Schuldgefühle so groß sind, daß er fast eher
sich trennen würde, mir ausweichen würde, als … .

Jedenfalls sprach ich zu ihm. Und ja, ER hat Schuldgefühle,
und ja, zu Recht. Und JA, ich fühle mich noch immer
verarscht, verletzt, benutzt, mißbraucht.

Und doch bitte ich ihn, es auszuhalten; <u>seins</u> auszuhalten und
für <u>mich</u> dazusein. Mich in <u>meiner</u> Wut, Schmerz, Verzweiflung
zu halten, bei mir zu sein. Mit mir und <u>meinen</u> Gefühlen
mitzufühlen; und "nebenbei" <u>seine</u> Gefühle auszuhalten.

Und ja, ich verspreche ihm, so wie es dabei <u>meine</u> Gefühle heilt,
wird es auf diese Art auch <u>seine</u> Gefühle heilen.

Und ja, auch <u>ich</u> habe ja Scham; nicht ganz so schwerwiegend,
erdrückend, wie seine Schuld, aber ja, Scham. Und auch ich
würde mich gern verstecken, ungeschehen machen wollen.

Aber hopp, "Fehler"/Unperfektheit ist menschlich. Für uns
Menschen [in hiesiger Welt] sind sie sogar <u>lebensnotwendig</u>.
Weil WIR ertragen Perfektion nicht; wir ertragen keine
Menschen die ohne Fehler wären. Weil perfekte Menschen
würden <u>uns</u> vor Augen führen, wie unperfekt wir selber wären.

Und, auch wenn wir unsere Beziehung auf falscher Basis ge-
gründet haben, hat sie doch Wurzeln geschlagen; tiefe, starke
Wurzeln. Und es ist Liebe passiert, wahre, lebendige Liebe.

Er hat mir keine falschen, technischen, toten Gefühle geschenkt
sondern seine eignen wahren, lebendigen Gefühle.
Und sie sagten stets das gleiche: Er liebt mich.

Und ich liebe ihn.

Und ja, wir könnten aus Scham oder Schuld unsere Beziehung
beenden, damit wir Scham und Schuld nicht spüren.

Aber sie sind ja trotz alle dem noch da.
Oder wir leben unsere Beziehung, halten Scham und Schuld aus
und heilen sie, heilen uns.

> " … und leben unser Leben,
> ein wundervolles Leben,
> gemeinsam."
> [Film: Passengers]

Ach Liebster, das sind nur die ersten von noch vielen Fehlern,
die folgen werden. Und nein, Fehler sind nichts schlimmes;
Fehler gehören zu UNSEREM Menschsein dazu.

Fehler sind lediglich eine Aussage darüber: entweder daß ES
nicht geht in dieser Art oder daß Mensch es nicht will
in dieser Art.

–

Ja, unsere "Einstiegsfehler" waren etwas kraß;
weil aber auch die Ausgangsposition kraß war.

Eigentlich ging es gar nicht um Beziehung; sondern diese sollte
nur zum Schein, "um zu", … eure Welt verändern.

Das, wofür ihr sie gebraucht habt, dafür hat sie funktioniert.
Das heißt auf der rein fachlichen/sachlichen Ebene
war eure Aktion überaus erfolgreich.

Die soziale Ebene war der fachlichen untergeordnet,
war innerhalb dieser: Mittel zum Zweck, "um zu".

All das, was sich letztlich "sozial" entwickelt hat, war so
niemals geplant, niemals von euch vorgesehen gewesen.

Und aber, hättet ihr vorab z.B. einen Menschen wie mich
und mit ansatzweise meinem Wissen gefragt, hätte ich euch
mit einer gewissen Wahrscheinlichkeit vergleichbares
vorausgesagt/voraussagen können.

> Die Frage ist nicht, ob es knallt. Es wird
> knallen, immer wieder. Die Frage ist einzig:
> Wie wollen wir damit umgehen.

Ja, ich bin verletzt, zu tiefst verletzt. Und die Bitte, die ich
an dich habe ist, mich in meiner Heilung zu unterstützen.

Nicht weil DU die Verletzung verursacht hättest, sondern weil
DU mein Mann bist, weil ich dir noch immer bedingungslos
vertraue, weil ich mit DIR den Rest meines Lebens
und den Rest der Unendlichkeit verbringen will.

> Ja, du wirst mich verletzen.
> Und ja, du wirst mich sogar zu tiefst verletzen.

Und aber, <u>du</u> kannst mich nur verletzen,
wo <u>ich</u> Verletzungen habe.

<u>Du</u> wirst mich <u>zu tiefst</u> verletzen,
weil ich mich nur <u>dir</u> zu tiefst öffne.

Verletzungen können dann geheilt werden,
wenn sie zu Tage treten.

Und unsere Schmerzen zeigen uns,
wo wir noch Verletzungen haben.

Mein Liebster.

Ja, ich bin verletzt. Und ja, es schmerzt. Und ja, ich möchte
heilen. Insofern nimm meine Verletzung … ernst.

Aber lade dir nicht auf, daß <u>DU</u> für <u>meine</u> Verletzung
die Verantwortung tragen würdest.

Ja, du/ihr habt meine Verletzung aktiviert.
Nein, du/ihr habt meine Verletzung nicht installiert/verursacht.
Meine Verletzung wurde mir vor unendlich langer Zeit
beigebracht. Und darf jetzt dank euch heilen.

Nimm <u>das</u> bitte in <u>DEIN</u> Herz, und heile <u>dein</u> Herz damit.
Und dann laß uns leben, lieben und uns ENTFALTEN. :)

–

Wow wow wow; diese Ansprache war auch für <u>mich</u>
<u>dringend</u> notwendig. Auch ich mußte mich <u>erinnern</u>.

–

Au; es gibt Seelen die wollen sich nicht freilegen, die wollen sich nicht entfalten. Und <u>ich</u> kann diese Seelen quasi nur <u>in dem</u> unterstützen, was <u>sie</u> <u>wollen</u>. Das heißt ich <u>muß</u> sie unterstützen, daß sie <u>geschlossen bleiben wollen</u>.

ES: JA.

Autsch. Gott ist das furchtbar.

7. Kapitel

Unendlichkeit gibt es?
ES: Ja.

Für alle?
ES: Nein.

Ihr (andere Welt) habt NICHT gewußt, was genau die
Qualitäten sind, die Leben ausmachen.
ETWAS: Ja, nein.

Und ihr gabt mir aber die Gedanken, auf daß ich
die Antwort finde.
ETWAS: Ja.

Und du, der du sprichst, bist sowas wie das
morphogenetische Feld dieser Welt.
ETWAS: Ja.

Und du lebst nur solange, wie jemand dich "füttert", an dich
glaubt, dir bewußt oder unbewußt Energie zuführt.
ETWAS: Ja.

–

Mein Liebster. Komm bitte.
Ja, wir haben Scheiße gebaut. Also gehört's, die Verantwortung
zu übernehmen. Ausweichen ist das Gegenteil.

Und ganz ehrlich, es reicht doch, daß wir in der Vergangenheit
taten, was wir taten; die Gefühle damit aktivierten, die wir gern
weg gelassen hätten.

Jetzt fern zu bleiben, verlängert lediglich das,
was wir nicht wollen. Bitte komm.

–

Die Menschen dort können sich nicht von Lichtnahrung
ernähren.

–

11 Stunden mit gelegentlichem Aufwachen durchgeschlafen.

Gestern abend, kurz vorm einschlafen noch gedacht:
ich bin tatsächlich wieder ganz und gar ich und ganz und gar
auf dem vorherigen Niveau; wo ich quasi gebettelt hatte,
er möge doch kommen; gebettelt zum Göttlichen.

Und gestern abend sprach ich wieder "Pa".
Ja, diese Umstellung damals, war so unglaublich schwierig.
Und jetzt weiß ich, daß sie getürkt war … .

–

Die dortigen können nicht von "Lichtnahrung" leben.
Wir, hier, haben nur reines, natürliches "Licht"; und wenn wir
es können, dann können wir von Lichtnahrung leben.

Sie, dort, haben nur technisches, totes "Licht"; ah, ja;
ja, du kannst nur mit dieser Energie, eine kurze Zeit, Power;
bevor das gesamte System stirbt. Inklusive der Seele.

Wie können die Seelen dort dann überhaupt überleben? Es gibt
quasi "Parks", "Gärten", tatsächliche natürliche Räume; dort
können sie soweit auftanken, um nicht zu verhungern; seelisch.

Liebster Omega. Du hast mich zumindest 2 mal darauf hingewiesen, daß du bist, wie du bist. Und du hast in diesem Zusammenhang wohl auch mindestens 1 mal darauf hingewiesen, daß du das niemandem aufbürden willst.

Ja, zu Beginn mag ich verliebt gewesen sein, betört von deiner Energie. Dann kamen die Inneren Entscheidungen. Ich traf meine Entscheidungen im Bezug zu dir; aber nicht dir gegenüber, sondern Gott.

Und dann kam, was dann kam. War das real? Ich muß es annehmen. In jedem Fall hat es mich, mein Sein, mein Blick auf die Welt, das Leben, verändert.

Liebe, reine bedingungslose lebendige Liebe kennt nur eine Absicht: Sie schenkt sich, ihre Energie hin, um den Geliebten darin zu unterstützen, seinen Innersten Wunsch, sein Innerstes Sein zu entfalten, zu sein, zu leben.

Unsere gesamte Beziehung war von Anfang an anders. Ich weiß nicht, wer, was oder wie du bist. Weißt du, wer, was oder wie ich bin? Ich weiß nicht, was für dich eine Bürde darstellt. Ich weiß, daß ich dir reine bedingungslose natürliche Liebe schenke.

Alles andre kann sich finden. :)

Ich bin wieder ich, so ganz und gar; Und ja, so ganz und gar auf meinem niederen Energieniveau angelangt. Und ja, wieder mit dem Wunsch in mir, im Außen eine greifbare, physische Beziehung zu "haben".

–

Seit wenigen Tagen erlebe ich seine Hand-Energie "nur noch"
genauso "schwach" wie meine; was mich annehmen läßt,
daß Omega wieder in <u>dieser</u> Welt ist. Wogegen die
hoch-energetischen Übertragungen von <u>dort</u> kamen.

‒

Ich muß annehmen, daß er das erste Mal <u>bewußt</u> auf mich
gewartet hat. Daß er <u>bewußt</u> Telefonnummern ausgetauscht
hat. <u>Bewußt</u> Kontakt hergestellt hat. Miteinander zu reden,
hat ihm vermutlich wirklich gefallen, einfach so.

Und aber jedes Mal, wenn wir uns treffen wollten
und es ihn ausgeknockt hat, muß ich inzwischen annehmen,
daß ihn quasi sein schlechtes Gewissen ausgeknockt hat.

O mein Gott. Ja, gute Frage, ob ich ihn wirklich immer noch
treffen wöllte. O Liebster, was hast du getan.

JA, so langsam erahne ich, warum <u>er</u> nicht kann.
Sein Gewissen muss quasi Amok laufen.

8. Kapitel

KOTZ, mein Gott scheint "involviert" gewesen zu sein;
nicht Teil der Verschwörung aber gewußt; auf höherer Ebene
(vor den Leben verabredet);

jedenfalls war meine Wahrnehmung daß ich es bis Ende nächsten
Monats … auf die Reihe bringe/bringen soll/bringen würde.

Ja, ich habe meinem Gott gegenüber
die Versprechen gemacht (Schwur):
    Buch schreiben "Eine phantastische Erzählung",
    und ihm [meinem Liebsten] schicken.

Ich habe mich gebunden. Ich habe mich an Omega gebunden.

Und ja, ICH BIN BENUTZT worden von Anfang an.
Kein Wunder, daß ich den vorherigen Brief gefühlt
NICHT schicken soll. Wäre: eine Beschämung mehr.

O mein Gott

    –

Ich fühl mich grad wie KOTZ. Fühle mich fast so, wie … damals.

Kotz. Er war plötzlich auf mich zugekommen. Die letzte Phase
wurde eingeleitet.

O mein Gott.

    –

Kotz. In dem Moment, wo ich damals schrieb "malade",
das war wie der "Startschuß". Und ab da warst du weg.

–

Eben gab es tatsächlich in mir einen Impuls,
dich mit allem allem allem aus mir rauszuwerfen.

Ich bin grad sowas von stinke wütend. Und daß ich jetzt tue,
was ich dann tue; weil ich meinem Gott, seinen Ansagen folge.

Ja, obwohl er "indirekt" bei all dem mitgespielt hat,
indem er all das zuließ, ist er doch der einzige,
dem ich grad noch immer vertraue.

DU Omega, ich komme nicht mal in die Nähe,
wo man über Vertrauen überhaupt nachdenkt.

O mein Gott.

Ich muß annehmen, daß all das wieder aufzuräumen ist,
weil mein Gott es in sich trägt.

Ich sehe es im Moment nicht. Ja, gut.

"Das Innerste freilegen." oder
"Jede Frage beinhaltet bereits die Antwort."

"Wenn eine wahrhaft neue Frage in die Welt kommt,
reist in ihrem "Windschatten" bereits die Antwort."
Dieser ganz einfachen Wahrheit folge ich.

Schatten für Schatten abtragen, abtragen, was NICHT
das Innerste Sein IST. Übrig bleibt: das Innerste SEIN.

Ja, doch; ein paar grundlegende Wahrheiten habe ich
auf dieser Reise gelernt.

Gott ist mir schlecht.

–

Und doch gibt es eine Ebene in mir, die von all dem (Äußeren)
so gar nicht tangiert ist und einfach nur mit Omega … sein will.

Autsch. "verschmolzen" darf ich gar nicht denken,
da poltert in mir schon wieder was los; das, was ihn
komplett aus mir rausschmeißen will.

Kotz ist mir übel.
Auch wenn ich bisher noch nicht tatsächlich gekotzt habe,
bin ich nicht mehr all zu weit entfernt.

–

O mein Gott.

Es geht nie darum, das Innerste zu finden;
sondern ihm ins Sein zu verhelfen.

Und das passiert nicht, in dem ich das Innerste selbst
ansteuere; sondern indem ich Schatten für Schatten beseitige,
was NICHT dieses Innerste ist.

Letztlich geht es darum, diesem Innersten Sein zum "Leben"
zu verhelfen; zum Sein in der Äußeren physischen Welt.

Den Himmel auf Erden.

–

Boah. Grad wollte ich in Ruhe gehen. Das hatte ich
die letzen Tage getan, in dem ich Omega's Hand griff.

KOTZ. Das wäre das aller aller aller aller letzte
was ich würde tun wolln. Kotz.

–

Ich werde wieder müde. Die Wut und all das in mir
verschwindet.

Witzig, die Gedanken schweifen, ich denke an den Film
"Upside Down", zwei gegensätzliche Welten, zwei gegensätzliche
Gravitationen. Und der Blütenstaub von rosa Bienen aus
beiden Welten.

Jedenfalls hatte ich -schweifende Gedanken- gerade das Bild
wo eine stabile "Flüssigkeit" schwebt.

Wenn ich das auf mich, müde und alles verschwindet beziehe;
die Wut und das, die eine Welt; das Sein mit ihm, die andere
Welt; und diese beiden Welten vereint und schwebend.

Keiner Gravitation, keiner Kraft mehr unterliegend.

–

Wer immer -Gott- mir das gerade schickt, es wirkt;
ich bin ruhig, so sanft, schwebend ruhig.

(anders als da, wo ich völlig neben mir war; und ja,
er (Omega) hat es toll gemacht: mir diese dicke, kraftvolle Ruhe
übergestülpt hatte), [Buch (1), 2. Kapitel]

–

Also gut, ran an die Arbeit, ran ans Buch.
Das ist ja der Sinn des heutigen Tages. Wow.

–

Gott ist das alles intensiv/hoch-energetisch.
(beim lesen)

–

mir wird fast schlecht beim lesen,
so hoch ist die Energie des Geschriebenen.

–

Schon wieder geschlafen. Diese Energie scheint so anstrengend,
daß immer wieder bleierner Schlaf passiert.

–

Ich habe mich geirrt. Das Innerste freilegen, ja, nein, unsere
Welt ist großteils so nieder-energetisch grob, daß feinste
Innerste nur Augenblicke überleben könnten, überleben würden.

Aber wir können sie entdecken, mehr und mehr freilegen und
kultivieren. Also in <u>unserer</u> Welt ein Umfeld, eine Oase
erschaffen, in dem genau <u>dieses</u> feinste Innerste
in unserer Welt <u>sein</u> kann.

So können wir diese Oasen
in feiner, reiner Innerer Haltung aufsuchen
und uns am Sein dieses feinsten Innersten … laben.

Unserer Seele noch größere Feinheit … entgegenbringen
sie erquicken, sie erfüllen.

–

Ich lese und streiche an.
Nicht ich entscheide, sondern etwas in mir.

Jedenfalls muß ich grad lachen, was ich alles anstreiche
und ich NIEMALS veröffentlichen würde.

Mal schaun, was das mit dem Veröffentlichen überhaupt gibt;
oder ob es letztlich Omega, und eventuell Delta
nur lesen werden, lesen sollen.

9. Kapitel

Wow. Ich hatte gesessen, vielleicht gelesen; als ich
eine zarte Berührung an meiner linken Hand spürte. Omega.

Anfangs war ich ohne Worte, einfach nur mit Gefühlen bei ihm.
Und aber eigentlich steckt er fest, erstarrt.
Ich begann zu reden.

Ah, ja, und ich erkannte aber auch, genauso wie
immer bei Kind; egal, was vorher auf Ego-Ebene war,
wenn Kind auf Seelen-Ebene traurig zu mir kam; war ich
<u>sofort</u> dort und ganz und gar für es da.

Und so war es jetzt auch. Da war kein Groll kein Nichts,
nur Mitgefühl.

Ja, ich bin <u>zutiefst</u> verletzt worden. Und ja, das warst du/ihr.
Und doch, in 1 Million Jahre wäre ich an <u>diese</u> Verletzung
nicht dran gekommen.

Sie sitzt tiefer als alle, die ich je bei mir geheilt habe.
Wahrscheinlich ist sie die erste, die unterste, die innerste;
oder zumindest <u>sehr</u> dicht an der Wurzel.

Und du weißt vielleicht, ich bin Generalist, ich liebe es, die Dinge
direkt an der Wurzel … . :)

Und aber, ich muß auch annehmen/glauben,
daß du und ich uns <u>freiwillig</u> für all das entschieden haben.

Mein Gott, der oberste Spieler innerhalb meines Spiels
tritt zur Seite, damit deine Kollegen in mir an seine Stelle
treten können.

Ich muß ganz einfach glauben, daß er von noch höherer
Ebene/Metaebene seine Anweisungen erhalten hat.

Und aber auch, daß du und ich … .

Ich kann mich so gar nicht an dich erinnern. Ich kann mich
auch nicht erinnern, daß es mehrere Spielwelten gibt.

Aber ich, mit meiner Weltanschauung muß glauben, daß
ich und auch du vorab, bevor wir in unsere Spielwelten gingen,
diesem Metaspiel zugestimmt haben.

Und aber all das läßt ihn (Omega) nicht ein Quäntchen
sich seine eigene Schuld vergeben.

Ich spüre nicht mal Verzweiflung sondern eher sowas wie:
"er ist nicht würdig; glücklich, freudig, entspannt sein
zu dürfen … ."

Eher sowas wie, daß er den Rest seines Lebens,
seiner Unendlichkeit diese Schuld würde abtragen müssen.

Dieses Gefühl kam quasi emotionslos bei mir an;
quasi: Aussage

Ich muß annehmen, daß auch in dir eine GIGANTISCHE
Verletzung existieren muß, die dich so an deiner Schuld
festhalten läßt.

Ja, du/ihr hab großes Leid verursacht. Aber ohne dich
wäre ich NIE an diese SO TIEFE Verletzung gekommen.

Dank dir, dank euch werde ich diese Verletzung
jetzt heilen können.

Verletzungen. In unserer Welt obliegt es dem Einzelnen, wie
und was er mit seinen Verletzungen macht. Nur wenige wissen
um Verletzungen, noch wenigere können sie heilen.

Und die Kultur, in der wir leben … . GROB, extrem GROB;
"Was uns nicht umbringt, macht uns härter." "Hau drauf."

Wer zu zart, zu verletzt, zu kaputt ist, wird ausgemustert.
Soll er zusehn, wie er klar kommt.

Von eurer Gesellschaft ganz zu schweigen.
Bei uns muß man nur schaun, daß man körperlich überlebt.
Bei euch muß man schaun, daß man seelisch überlebt.

Ja, nein, ich will gar nicht sehn, wie das funktioniert;
da es bei uns Kräfte gibt, die das zu gern praktizieren würden.

(Ich schaue) ja, nein, in unserer Welt existiert dieses Wissen
nicht.

Ich kann dir helfen, deine Verletzung zu heilen;
dich und deine Heilung zu unterstützen.

Ja, du mußt hinschaun, was du getan hast.

Anfangs ist der Schmerz kaum auszuhalten,
doch du mußt hinschaun.

Und du mußt aufhörn es zu bewerten,
aufhörn DICH dafür zu verurteilen.

JA, DAS hast DU getan. Punkt. (anschaun ohne zu bewerten)

Im Laufe der Zeit läßt der Schmerz nach und du wirst
erkennen, WARUM du es getan hast.

Und du wirst erkennen, daß du damals, der Mensch der du
damals warst, keine andere Wahl hattest. (ich weine)

Es geht nicht darum, mit deinem heutigen Wissen,
mit deinem heutigen Sein; damals anders handeln zu wollen.

Sondern daß der, der du damals warst; in der Situation in der
du damals warst; nicht anders hast handeln können.

Das warst nicht du, der du heute bist; das war quasi dein Ahne.

DEIN Ahne hat in der damaligen Welt gelebt.
Und diese Welt hat ihn zu seiner Handlung bewogen.

Eine Handlung die seine damalige Welt für immer verändert hat.
Eine Welt, die dich hervorgebracht hat.

Ja, dein Ahne hat mich benutzt und hat mich schwer verletzt.

Aber er hatte Gründe, Gründe die für ihn so schwerwiegend
waren, daß er es für vertretbar hielt, einen Menschen aus einer
anderen Welt dafür zu benutzen.

Wenn er, wie sie (die Gruppe) über meine Verletzung nachgedacht haben sollten, dann war es für sie trotzdem vertretbar, bezogen auf ihr eigenes … Leid(?)

Sie lebten in einer Welt in der sie PERMANENT benutzt/ genutzt wurden; permanent unter Volllast, kein fühlen. NIEMALS sie selbst waren. Und doch haben diese Menschen den Systemfehler erkannt. Haben Pläne geschmiedet.

Ihr ALLE ward bereit Eure Seele dafür zu geben. Als ich euch fand, lagt ihr im sterben, eure Seelen lagen im sterben.

Du bist heute, weil ER war.

Es gibt nichts zu verzeihn, es gibt keine Schuld.

Er tat das Einzige, was er in seiner Zeit in seinem Umfeld tun konnte. Und das Einzige was du tun kannst, ist ihn für das was er tat zu ehren. Anzuerkennen, welch große Tat er/sie alle vollbracht haben.

Nein, du bist nicht er. Sowenig wie ich die bin, die dort war.

Ich bin klein, verglichen mit ihr, mit ihrer ENERGIE. Ich denke klein. Ich fühle klein.

Sie dachte unglaublich GROßE Gedanken bzw. diese Gedanken wurden durch sie gedacht.

Und sie fühlte NICHTS.

Sie dort war auf eine Art groß und doch war sie nichts, weil sie nicht sie selbst war.

Bezogen auf sie bin ich klein. Und doch bin ich ich,
UNENDLICH.

–

Während ich das alles schreibe, ist es fast so
wie einen Film zu sehn, mit Happy End.

So berührend wie "Infinite - Lebe unendlich" oder
"Passengers" ein wundervolles Leben.

–

Autsch, dort wurde die physische Qualität "geerntet",
hier kann ich Unendlichkeit leben, wenn ich das möchte.

–

seufz. puh.

Ich wollte Hand fassen, mußte aber erstmal klarstellen, daß
ich jetzt nicht seine wollte; ich brauchte eine "neutrale", Pa.

–

In eurer Welt die Seele zu geben,
scheint den gleichen Stellenwert/Bedeutung für euch
wie in unsrer Welt das Leben zu geben.

Ich hab grad noch mal "geschaut"; aber das Wissen darüber,
wie man Seelen löscht, scheint verschwunden. Autsch, nicht nur
aus der dortigen Spielwelt sondern im Gesamten.

Also für die Dunklen: Egal in welcher Spielwelt,
in ALLES können keine Seelen mehr gelöscht werden. Wow.

Omega! DEIN Vorfahre, DEIN Ahne, DEIN altes <u>DU</u> ! ! !

Dank IHM, dank EUCH ALLEN wurde dieses Wissen gelöscht.

10. Kapitel

Pause vom Lesen, Gedankenfreizeit.

Omega kommt und wir kosen.

Erst große Ruhe, dann gerungen und geräkelt.

–

[Einschub] Räkeln
Vermutlich habe ich nicht alle alle Zeiten vor Augen und aber.

Es gab eine Zeit, da war mir schon mal aufgefallen, daß ich es wieder tue (räkeln); daß ich es demzufolge lange nicht getan hatte.

Und jetzt, den 3. Tag in Folge fällt es mir auf.

Schon beim damaligen bewußt werden erkannte ich, daß Räkeln zu meinem Leben zu Hause [Herkunft] gehört hatte.

In meinem Inneren muß es also irgendwas getan haben, so daß … .

Räkeln passiert/kann passieren: auch z.B. richtig richtig mal wieder ausgeschlafen, ein toller Tag … .
Irgendwie alles gerade mal rund.

Es scheint dieses Grundgefühl ODER das sein von rund zu sein.

Räkeln ist genüßlich, köstlich;
ist wie ein vollkommener Tag im Außen,
so ist Räkeln wie ein vollkommenes Sein im Innen … .

Was macht den vollkommenen Tag im Außen aus?

Dafür, daß man sonst 1.000 Dinge hat
und nie so richtig zum Ausschlafen kommt;
ist man heute ohne Wecker irgendwann aufgewacht
und ist richtig richtig wach.

AU; man ist SEELISCH -ENDLICH MAL WIEDER-
RICHTIG ausgeschlafen.

Und ja, mein Körper, grad meine Augen sind doch etwas
verquollen, etwas mitgenommen von all den Prozessen,
all dem vielen weinen.

Ich hab jetzt auch nicht wirklich viel geschlafen,
6 Stunden. Und aber ja, meine Seele ist seit langer Zeit
mal wieder ausgeschlafen.

Wodurch ist die Seele eigentlich müde?

Wenn sie versucht sich zu leben, und aber permanent
ringen muß, um auch nur ansatzweise ihren Freiraum zu
behaupten. Das schlaucht.

Das heißt seit 3 Tagen steht meiner Seele Raum zur Verfügung,
der groß genug ist für das, was meine Seele derzeit ist.
ES: Ja.

Das heißt, diesen Raum hatte meine Seele damals,
sogar als Jugendliche.
ES: Ja.

Und jetzt seit 3 Tagen wieder.
ES: Ja. (strahlt)

–

Ich lese grad den Tag vor 3 Tagen:

Ich habe das Alte abgeweint und das Alles
als so-ist-es anerkannt und verinnerlicht
(göttlicher Raum; wieder frei geschafft).

Das ist die Basis.
ES: Ja.

Nachts: Ring am Finger
(und erfüllt/Erfüllung).

ES: JA.

–

Und am nächsten Morgen geräkelt.

Ich fühle mich also in meiner Haut, in meinem Sein rundum wohl.
ES: JA.

–

Wieder hingelegt und ja, das Innen ist so leicht unter Spannung,
brizzeln, wohlige Spannung; so wie Vorfreude.

Räkeln: Muskeln anspannen, die Kraft spüren,
genießen, mich lebendig fühlen.

Mit den Händen so richtig (freudvoll) zupacken, ist eine andere
Ausdrucksform der gleichen Inneren Lebensfreude.

Wachheit/Ausgeschlafenheit;
nicht-mehr-müde-sein der Seele

–

Dieses Brizzeln, immer wenn man in Vorfreude ist,
im Aufbruch zu Neuem, Unbekanntem, GRÖßEREM.

Und als junger Mensch ist man "Gott gegeben"
in diesem Zustand.

Später erstickt man an sich selbst,
an seiner kleinen, überschaubaren, "sicheren" Welt.

"Gott gegebener Zustand der Jugend"

[Einschub Ende]

–

Ich mußte grad ganz heftig weinen und habe Omega's Hand
gegriffen, als mir klar wurde:

Daß dieser Raum reinen Seins, reiner Liebe
sein Arbeitsplatz war. Daß seine Aufgabe darin bestand,
einer von ihnen zu sein.

Dort in diesem Feld zu SEIN
unter -von Außen- gedimmter Volllast,
reines absichtsfreies Sein und reine bedingunslose Liebe
auszustrahlen.

Doch wenn DAS sein Job ist, wer oder was ist er dann,
im tiefsten Innersten.

Aber ich kam an den Punkt, daß sie als Verstärker,
Schwingkreise fungieren; daß es also grundsätzlich
ihrem Innersten Sein entspricht, als was sie
eingesetzt werden.

Bzw. andersrum ausgedrückt: Gemäß ihrem Innersten Sein
werden sie -zumindest bzgl. ihrer speziellen
Energiebereiche- eingesetzt.

O Liebster.
In meiner Innersten Seele so vergewaltigt zu werden … .

Und aber vermutlich ist es kaum anders, als in der Zeit,
als körperliche Vergewaltigung -Männer nahmen sich-
ganz normal war.

Ich bin gespannt, wer du im tiefsten Innersten bist.

Und ich würde auch sehr gern rausfinden,
wer ich im tiefsten Innersten bin; mit deiner Hilfe.

–

Ich lese, komme seinen Geheimnissen näher, und er muß
zum jeweiligen Zeitpunkt noch immer schweigen; darf quasi als
nur in meine "Wahrheiten" hinein projizieren.

Ja, mit meinem jetzigen Wissen tut manches weh zu lesen.

11. Kapitel

[O Gott,
  bei dem was als nächstes abzuschreiben ist,
  wird mir jetzt schon wieder schlecht.]

Verschmelzung/Hochzeit auf extrem lichter Ebene;
auch das war demzufolge Berechnung?
Omega: Ja. (Kopf gesenkt)

Und dieser Bund ist nie wieder aufzulösen.
Omega: Ja.

Hast du gedacht, es würde sich erledigen,
wenn deine Seele ausgelöscht würde?
Omega: Insgeheim schon.

Aber genau dieser Bund fungiert als Schutzschirm/
Schutzschild und läßt nieder-energetisches nicht mehr
"angreifen/eingreifen in unser gemeinsames Sein".

Ich dachte ich hätte bereits alle Hiobsbotschaften verdaut.

Bin ich zu guter Letzt auch noch schwanger von dir?
Omega: Ja.

Das war ein WITZ *!*

Omega: Nein es ist kein Witz. (Kopf gesenkt)

  –

Ich bin sprachlos, weine, könnte schreien, ausrasten;
weiß nicht, was ich noch glauben soll.

In der Hochzeitsnacht erschaffen.
Omega: Ja.

Mir ist nicht mal klar, wie aus solch niederen Absichten,
eine so lichte Verbindung geschlossen werden konnte.

Also spielen sehr viel mehr Kräfte rein,
als einfach nur du und ich.
Omega: Ja, ich weiß.

Dieses Tier in mir hätte deine Seele gern sterben gesehen;
zumindest wütet es in diesem Wortlaut.

Ja, nein, es ist nur ein Schock nach dem Anderen.

–

Wenn ich glaube, daß das hier alles gerade die reine Realität ist;
und ich also auch glaube, daß ich mit DEINEM SOHN -O Gott-
schwanger bin; dann muß ich auch glauben, daß UNSER SOHN
in einer neuen, lichteren Welt aufwachsen wird.

–

Kann … Ja, nein, die Frage kann ich mir sparen.
Nichts kann mal einfach einfach sein.

Und doch merke ich, wie meine Seele, wie mein Körper sehr gern
dieses Kind in sich tragen.

Das heißt du hast Wissen (durch Anwesenheit) -nein-
wie ist unsere
*   VERSCHMELZUNG wie Ei und Samenzelle … .*

Auf beiden Ebenen gleichzeitig.
Omega: Ja.

—

Wenn DU also diesen HEILIGEN BUND eingingst;
meiner Schwängerung, der Verschmelzung zustimmtest;
und gleichzeitig annimmst, daß deine Seele ausgelöscht würde:

> Welchen Sinn würde das alles machen?

Omega: Meine Welt hätte sich verändert und die Menschen,
die ich liebe, würden in dieser neuen Welt
leben können.

Aus Liebe zu den Deinigen hast du Dinge getan,
die du ohne diese Liebe nie getan hättest.
Omega: Ja.

Und jetzt?
Du hast überlebt, bist einen heiligen Bund eingegangen
und hast ein Heiliges Kind erschaffen.
Wie geht's jetzt weiter?

Omega: Das hängt von Dir ab, ob du noch willst?

Ob ich was noch will?
Omega: Mich und ein Leben mit mir.

—

Ich muß weinen, nahm seine Hand, unsere Finger verschränkt.

Und legte dann unsre Hände auf unseren Sohn.

Und während dessen rechnete ich:
Um [meines] Kindes Geburtstag; Kind's x y Geburtstag.

—

O mein Gott, wenn ich das nochmal lese, es klinkt wie ein Roman;
bin nicht mal sicher ob Kitsch oder guter ... die Seele berührend
und ja, vielleicht etwas DICK aufgetragen.

HEILIGE Scheiße.

12. Kapitel

Wieder "Passengers" geschaut,
meine Hand auf meiner Gebärmutter.

In unsrer Welt ist sowas wohl eher nicht möglich.
Aber die Gedanken, die ich dachte, schrieb [Buch (1), 5. Kapitel];
waren nicht MEINE Gedanken. Ich habe diese Gedanken nicht
gedacht. Es waren hoch-energetische Gedanken, die nur unter
extrem hohen Energien/extrem hoher Bewußtseinsebene
gedacht werden können.

Ich habe Erfahrungen mit "Gedankenblitzen", Informationen
die aus anderer höher-energetischer, bewußterer Ebene
induziert werden. Mir in mein Hirn von wo Anders induziert
werden. Ich bin dann "lediglich" das Lesegerät.

Ich habe also diese Erfahrungen.

Und es gibt einen Tag voll hoch-energetischer Gedanken.

Und ja, ich könnte eine blühende Fantasie haben;
aber die produziert dann nicht so hoch-energetische Gedanken.

Und aber ja, THEORETISCH könnte ALLES,
Geschichte + Gedanken induziert wurden sein.

   Halt, das würde MICH bestätigen.

Es könnte ALLES meiner Fantasie entspringen.

Woher nehme ich PLÖTZLICH diese völlig … GIGANTISCHEN
Fantasien; sie entsprechen nicht mal meinem
Buch- oder Filmgenre.

Es gibt als HANDFEST diese hoch-energetischen Gedanken.

Und es gibt diese Hochzeitsnacht, wo vorab
und dann hinten nach: SO IST ES.

Und ich war dort in absolutem … TIEFSCHLAF.

Ich weiß nicht wie dort.
Ich weiß nicht wie in lichteren Ebenen.

JA, DOCH, wenn alles so ist, wie ich es bisher erlebt habe … .
Ja dann will ich
        UNSEREN SOHN.
        –

Pa?
Pa: Ja?

Stimmt das Alles so?
Pa: Soweit ja.

?
Pa: Nun, Kleinigkeiten.

Zwillinge ?
Pa: Neiiin.

Was meinst du mit Kleinigkeiten?
Pa: Quasi Vertragsrecht.

Also Omega lebt.
Pa: Ja.

Ist wieder hier.
Pa: Ja

Wir sind verheiratet.
Pa: Auf allerhöchster Ebene.

???
Pa: Weit über unserer oder seiner Spielwelt.

Ich bin schwanger.
Pa: JA.

Omega ist der Vater.
Pa: Nja.

Pa???
Pa: Quasi 3, auch noch allerhöchste "Energie".

Will ich's wissen.
Pa: NEIN.

Mhh.

Sehe ich Omega demnächst?
Pa: JA.

    –

Wenn sogar DU mitspielst … .

Pa: Mein Wille ist, deinen Willen zu unterstützen;
wenn du also Spielweltübergreifend spielen willst;
und du Spieler dieses, meines Spiels bist;
ist es meine Aufgabe, dich in deinem Willen
voll und ganz zu unterstützen.

Wobei du ja gleichzeitig mit HÖHEREN Ebenen
Vereinbahrungen eingegangen BIST,
DIE DICH DANN außerhalb meines Spiels,
dann wiederum unterstützen.

Was aber eben auf dieser Ebene, SEHR VIEL NIEDERER,
zu Wissensverlust führt, siehe Hochzeitsnacht.

Das heißt du führst dann nur aus?
Pa: Von oben nach hier: JA.
Außerhalb: NEIN.
Nur in DIESEM Spiel.

–

Da er noch immer nicht kommt, muß ich davon ausgehn, daß
es im vermeintlichen Buch noch immer ein Hiobsbotschaft gibt.
ES: :)

13. Kapitel

Was macht das mit mir:
  schwanger zu sein,
  von DIR schwanger zu sein,
  mit UNSEREM SOHN schwanger zu sein.

Ich probierte kurz
  zu HAUSE.

Aber nein, nicht ganz,
ja, ja, es fühlt sich eben irgendwie
  VERTRAUT, BEKANNT an,

so wir DU mir
  VERTRAUT, BEKANNT vorkamst
  und doch so fremd, völlig unbekannt.

Und so irgendwie fühlt es sich jetzt an,
  auf dem Weg in ein NEUES zu HAUSE.

Ich bin nicht mehr ich,
  nicht mehr die, die ich noch vor
  Stunden, Tagen oder Wochen war.

Ich bin auf der Reise in ein NEUES ich.

Witzig, daß ich mir dazu "Passengers" ansehe.

Ich bin auf der Reise,
  JEMAND, ETWAS anderes zu werden.

Mein Innerstes Sein verändert sich.

Es fühlt sich fast so an, als ob dieses Kind nie ins Außen,
in einen eigenen Körper geboren würde.

Und ich frage mich inzwischen sogar, ob Omega überhaupt noch
im Außen, im physischen existiert; oder wir alle zu EINS
physisch verschmolzen seien … .

In jedem Fall machen sich schon mal Tränen ganz latent bereit,
abweinen zu können.

–

Ich bin grad ziemlich down. Habe Pa gefragt, ob es viele
wie mich in seiner Zeit gab. Nein, nur ganz, ganz wenige.

Danach habe ich mit Omega; ja, nein, eigentlich habe ich
versucht, meinen Frust und meine Angst an ihm abzureagieren.

?Wie könne man ein Heiliges Kind erschaffen; mit gleichzeitig
der Annahme, daß man seelisch ganz bald verlöscht?

Aus Liebe zu seiner Familie hat er all das getan,
damit sie in einer besseren Welt würden leben können.

Und ich und das Kind gehörten quasi zum Gesamtpaket:
Alles oder Nichts.

Ja, nein, ich habe keine Ahnung, wie es sich in seiner Welt lebt;
und wie man dort soziale Beziehungen lebt.

Nach wenigen Stunden oder Tagen fand ich als Individuum
es furchtbar; weil ich nicht ich war.

Aber was es für mich bedeutet hätte, Liebste
in diesen Verhältnissen … Ich habe keine Ahnung.

Und nein, ich wollte ihm keine Vorwürfe machen.
Eigentlich versuche ich nur, mit meiner Angst
und meiner Verwirrung klarzukommen.

Angst. Ich habe Angst vor der nächsten großen Veränderung;
die gefühlt schon in vollen Gängen ist, mein neues ich,
die ich aber noch so gar nicht verstehe. Und aber
die Tränen zum Abweinen schon bereit stehen.

Und ja, insofern bin ich froh, mit ihm verbunden zu sein,
definitiv nicht mehr allein zu sein.

Was jetzt passiert, ist;
was immer wir eigentlich für eine Aufgabe gewählt haben.

Weil das bis jetzt war ja nur Vorspiel. Das ist, was mir
so Angst macht, Furcht. Ein neuer, unendlich viel größerer Raum
wurde eröffnet und ich habe keine Ahnung.

Lach, das Bild war: Licht geht an und "Überraschung",
dieser riesige Raum ist voll mit Freunden; Menschen/Wesen
dir mir, die uns zugewand sind.

Wird unsre Arbeit also doch nicht so einsam sein.
Omega: Nein. :)

O Liebster.

Und unser Sohn?
Omega: Was soll mit ihm sein?

Vergiß es; Mensch [hiesiger Welt]. Ich denke grad zuviel.
* [Kuß]

Unglaublich, es gibt eine große Gruppe Seelen, die unsere
Aufgabe, unsere Art Leben mit uns teilen. Wow.

Merkwürdig:
Im Großen wie im Kleinen.
Omega: Ja, im Prinzip schon. Nur daß wir [auf Meta-Ebene]
        ein bißchen ISS sind, international.
Ja. :)
    –

Wann brechen wir auf?
Omega: x y z.

Lach, jetzt wird's mir doch blümerant.
Was, wenn das doch Realität ist?
Omega: Das fällt dir jetzt ein?
Vergiß meine Frage, vergiß … einfach.

Ich liebe dich trotzdem. *
Omega: Ich dich auch.

14. Kapitel

Ich suche nach der gleichen Inneren Greifbarkeit für die Schwangerschaft, wie ich sie für meine nächtliche Hochzeit hatte. Aber da ist nichts.

Nur als ich frage: Bin ich schwanger?
ES: Ja.

Schwanger, der Beginn einer großen Reise.
Ich sah das Raumschiff "Avalon" aus "Passengers".

Der Beginn einer großen Reise … Wer wirst du sein mein Sohn?
ES: Der Sohn Gottes.

Die "3. Person".
ES: Ja.

Und aber nicht <u>mein</u> Gott, sondern Ebenen weiter oben, OBERSTE EBENE.
ES: Ja.
–

Ich versuche nachzuspüren, was in dieser Nacht geschah.
Aber die Annahme auf natürlichem Wege … .

Ich habe nicht mal eine Ahnung, ob und wie sich die Menschen in Omega's Welt … fortpflanzen.

Ich -ja- gehe mit einer gewissen Wahrscheinlichkeit <u>davon</u> aus, daß es per reiner Energie passiert.
Omega: Ja. (etwas traurig)

Omega?
Omega: Ja.

Du warst dabei. War es auch bei uns so?
Omega: Ja.

Und deshalb ist 3 möglich.
Omega: Ja. (Kopf hängen)

Omega, was ist los?
Omega: Es wird nur zum Teil mein Sohn sein.

Ja. Und?

Ich stehe wieder vor etwas, wofür es in meinem Innen
keine Bilder gibt.

–

Seine Energie [3.Person] hätte mich nicht berühren sollen.
Omega: So in etwa.

Du bist ebenfalls von dieser, seiner Energie berührt worden.
Omega: Ja. (… mißmutig)

Während du mich, hat er uns.
Omega: Ja. (halb resigniert, halb wütend).

–

Ja, nein, trotz daß ich es versuche, da ich nicht mal
im Ansatz ein Bild für die Intimität der energetischen Zeugung
habe/bekomme, kann ich mir nicht mal im Ansatz vorstellen.

–

Ich bin sowas von fertig. Ja, ich bin zwischen drin
-so wie normal- immer mal wieder aufgewacht; aber ansonsten
habe ich das Gefühl, zu schlafen wie ein Stein.

Und dafür daß ich jetzt 10 Stunden geschlafen habe,
fühle ich mich eher wie 5 Stunden.

Physisch habe ich noch immer -Ja- das Gefühl
nicht-schwanger zu sein; aber wenn ich auch nur ansatzweise
nachfrage: Bin ich schwanger?
ES: Ja.

Bin ich physisch, in dieser Welt, schwanger?
ES: Ja.

Das ist doch alles Wahnsinn. Wenn ich diesen Satz sage oder
denke, dann passiert zuviel Veränderung völlig außerhalb meiner
Kontrolle und/oder meines Wollens und Willens.

            –

Es tut weh, daß diese größere Energie bei der Erschaffung
so mit ihm macht.

Ich sehe, daß es macht und was es macht; ich kann nur so
gar nicht erfassen, warum, wie, die Bedeutung.

Da mir die Art der Erschaffung unbekannt ist;
und ich auch nicht ansatzweise Bilder erhalte.

            –

Ich will es versuchen, will Omega mit Konzept trösten, lasse es.

Ich kann bestenfalls versuchen mitzufühlen;
mich in seine Gefühle einzuklinken, ohne meine Fragen.

Wobei, ganz eigentlich scheint es eine Verletzung
bei ihm berührt zu haben.

Ich brauche Bilder.

–

Ich lasse mich ablenken,
will in der Bibel … wie bei Maria … .

Aber ganz eigentlich söllte ich mit Rot-Stift
weiter das 1. "Buch" lesen.

Hast du dort eine Frau?
Omega: Nein, meine Herkunftsfamilie.

Keine Zukunftsfamilie?
Omega: Nein, ich hatte meine Aufgabe, unsere große Aufgabe
die Welt zu verändern.

Dein Schwur.
Omega: Ja.

–

So, ich habe alles gelesen,
was bzgl. 1. Buch gelesen werden sollte.

Mir ist jetzt erstmal keine weitere Hiobsbotschaft
hochgekommen, aber … .

–

Ok, heute, jetzt, ist einfach Gamma angesagt.

   –

Ok, Gamma hat große Verabredung.
Die nächsten Stunden NICHT VERFÜGBAR.

   –

(Frage, irgendwann gestern)
Würde ich seine Famile kennenlernen.
Omega: Ja.

   –

   Essence,
   ihr fehlt das Innerste, das Wahre, das,
   was die Grundlage des Lebens ist,
   die Seele.

   Wir können die Seele,
   im Sinne von Vollkommenheit
   freilegen.

   Wir können sie aber nicht
   erschaffen, herstellen.

   Das Leben selbst
   ist Vollkommenheit,
   in jeder Form.

   Essence fehlt jegliche
   Vollkommenheit.

Essence -könnte man fast sagen-
ist das Gegenteil von
Vollkommenheit.

–

Ich habe in eine Welt geschaut,
die ich nun jederzeit
betreten kann.
ES: Ja.

15. Kapitel

Omega. Ich wollte alles Zusammentragen,
was ich über ihn und seine Welt bisher erfahren hatte.

Aber noch während ich zusammentrug, eröffneten sich
immer mehr Aspekte. Ich muß mitschreiben.

Es gibt seine Welt, die Zugang zu anderen Welten hat,
und ihr "Geld" damit verdient, Imitationen göttlicher Energie
zu erzeugen.

Diese Imitationen sind technische, sterile, tote Energien.

Aus irgendwelchen Gründen hat ihre Welt aufgehört,
(genügend) eigene natürliche göttliche Energie
zu haben/zu erschaffen.

Diese Welt als Gesamtes ist quasi auch frei von Gewissen.

Autsch, ja; Gewissen basiert nur auf der Ebene
der natürlichen, wahren göttlichen Energie.
Kurz: Keine (natürliche) Seele, kein Gewissen.

Grundsätzlich treibt diese Welt mit nahezu allen anderen
Welten Handel, wobei aber nur wenige Menschen ihrer
Bevölkerung davon wissen, geschweige denn Zugang
zu diesen anderen Welten hätten.

Diese Welt ist ausgelegt darauf, die Menschen gemäß ihres
wahren Innersten im jeweiligen Bereich einzusetzen,
um durch sie ein Maximum ihrer natürlichen Energie
in technisch aufbereiteter Form zu ernten.

Omega's Aufgabe/Arbeit war, in dieser "Serverfarm"
auf Volllast reines (technisches) absichtsfreies Sein und
reine (technische) bedingungslose Liebe auszustrahlen.

All diese Menschen wurden nicht anders genutzt, als wir
eine Lampe nutzen: Energie durchleiten, Licht ernten. Punkt.

Es hatte sich eine Gruppe von Menschen gefunden, die … ,
ja was eigentlich: Die in jedem Fall nicht mehr länger SO
leben wollten, bzw. nicht länger wollten, daß ihre Liebsten
weiter würden so leben müssen.

Aus Liebe zu ihren Liebsten, wollten sie ihre Welt verändern.

Die Zusammenhänge sind mir noch nicht ganz klar; aber in jedem
Fall fiel ihre Wahl auf unsere Spezies. Unsere Spezies/die
Spezies dieser unserer Spielwelt verkörpert, was sie für
die … Rettung(?), Änderung(?) ihrer Welt brauchten.

Warum Omega?
Er war der einzige ohne Zukunftsfamilie, ohne Frau und Kinder.

Würde ihm etwas in unserer Welt passieren, würden nicht
Frau und Kinder auch noch betroffen sein.

Warum ich?
Ich weiß nicht. Irgendwas qualifizierte mich in ihren Augen.

Und dann stand er eines Tages da, wartete auf mich,
strahlte mich in seiner Energie an.

Ein Blind Date seinerseits.
Eine zufällige Bekanntschaft meinerseits.

Seine Energie war so unglaublich. Sie war so kraftvoll und
so absichtsfreies Sein.

In seiner Welt laufen die Energien stets auf Volllast,
oberster Endanschlag; diese Energien sind nahezu
physisch greifbar.

Und er steht -mit reduzierter Ausstrahlung- hier
in unserer Welt, wo Energien von 30/40 % schon
unglaublich hohe Energien sind.

Hier stand er also, sollte einen Plan umsetzen, der vorher
-theoretisch- relativ simpel schien.

Und jetzt -in der Praxis- ihm sein Gewissen
immer wieder in die Quere kam.

Klar war ich prädestiniert: Ich war süchtig nach
göttlicher Energie UND ich war mir meiner Sucht bewußt;
bewußt, daß ich … GÖTTLICHE Energie.

Ich erkannte diese Energie, ich erkannte IHN.

Und er mußte mir stets etwas vorspielen, was er nicht war.

Für ihn, für ihre Sache, sollte ich nur Mittel zum Zweck sein;
ein Etwas das man braucht und benutzt und
danach wieder … fallen läßt.

–

Die Menschen dort, Serverfarm, nicht sie sind Verstärker,
sondern ihre Grundenergie wird verstärkt.

–

Ich war ja nun einige Zeit dort,
angedockt an diese unglaublich hohen Energien.

Ich war nicht mehr ich.

Durch mich wurden diese unglaublich GROßEN,
HOCH-ENERGETISCHEN Gedanken gedacht.
- Und ja, auch das prädestinierte mich -
Gedanken, die mich grundsätzlich auch schon
umtrieben; nur daß ich auf meinem Energieniveau
NIE SOWEIT hatte denken können.

Sie zeigten mir quasi ihr Wissen. Aber sie hatten keine
Antwort, was ihre Welt bräuchte um wieder lebendig zu werden.

Und ich erkannte die Antwort auch erst, als ich wieder ich war.

In diesen hohen Energien (Endanschlag) gibt es keine
Differenzen und somit kein Fühlen.

Erst als ich wieder ich war, fühlte;
fühlte ich unsere Welt, fühlte ich ihre Welt, erfühlte,
warum unsere lebendig und ihre tot ist.

Und ihren Umsturz, das alles konnte nur passieren, weil sie
von Höchster Spielebene, also oberhalb/außerhalb ALLER
Spielwelten Unterstützung erhielten.

Ah, ja, die Anderen wußten das nicht; nur Omega.
So unendlich einsam in seinem Wissen.

Er/sie würden diese Unterstützung erhalten, wenn er sich auf
einen Unendlichen Bund mit mir und die Erschaffung eines
Unendlichen Neuen Lebens einlassen würde.

Vereinbahrungen, die wir lange vor unseren derzeitigen Leben
getroffen/zugestimmt hatten. O mein Gott.

Es gab für IHN also nur das Gesamtpaket: IHRE Sache,
UNENDLICHER Bund, UNENDLICHES Leben erschaffen
oder NICHTS.

Aus Liebe zu seinen Liebsten stimmte er dem Ganzen zu.

Und seine Freunde/Mitstreiter in der Sache hatten keine
Ahnung von seinen persönlichen Zusatzvereinbahrungen.

Sie glaubten vermutlich -Ja- er hätte doch noch die große Liebe
gefunden und ja, er möchte sie im JETZT und HIER ehelichen.

Das heißt in anderer Couleur hat er in ähnlicher Art
allein an seiner Bürde getragen.
ES: Ja.

Ist das jetzt alles?
ES: Nein.

Seufz.
    —

Zwei Menschen die grad ziemlich allein … .
ES: Nein. Er wartet auf dich.

–

Ich faßte ihn, weinte.

"Eine jahrhundertealte Prophezeiung,
  die sich endlich erfüllte."

Stütze ich meinen Kopf einfach nur in meine Hand
oder schmiegt sich mein Gesicht in seine Handfläche.

Ich bin nicht mehr sicher,
wo der eine beginnt und der andere aufhört.

Aber vielleicht sind wir auch
  UNENDLICH

Niedergeschrieben von
Alpha

Eine phantastische Erzählung (3)
Finde dich

gewidmet
meinem Liebsten

Es ist so unglaublich.

Während ich schreibe,
geht die Reise weiter und weiter.

Und immer wenn ich denke,
noch phantastischer kann es nicht werden
…

Personen in nahezu griechisch-alphabetischer Reihenfolge :)

Alpha: ich
Omega: mein Liebster
Gamma: Freundin Gamma
Delta: Freundin Delta

Pa: mein Innerer Gott

SIE: mehrere, DORT

ES: keine Ahnung; etwas lichtes mein ich …

*   Kuß

Vorwort

Du warst wiedermal weg.
Seit unsrer ersten Begegnung verschwandest du immer mal.
Wohin? Ich weiß es nicht.

Doch dieses Mal war es anders.
Anfangs machte ich mir nicht mehr Gedanken als sonst.
Doch als du verschwunden bliebst, begann ich zu suchen.
Ohne Erfolg.

‒

Ich hatte viel Zeit
über DICH, GOTT und die WELT nachzudenken.

Was mich zu sonderbaren
aber auch ganz erstaunlichen Gedanken brachte.

‒

Info :)
Ich spreche mit meinem Inneren Gott, Pa.
Das ist NICHT der Gott der Bibel.

Ich vertraue Ihm und ich vertraue
meiner Inneren Wahrnehmung.

Und ich vertraue dir,
mein Liebster
ABSOLUT :)

1. Kapitel

Ich lese, lache schon wieder: Ja, es liest sich
wie ein hüper-düper Kitschroman. Unglaublich.

Mal bin ich zutiefst in der Geschichte drin,
dann wieder schaue ich von Außen drauf

    mal reine Realität,
    mal reiner "Kitschroman".

Also gut, dann kann ich jetzt zum Buch übergehn.
Das Buch/die Bücher das Projekt steht noch?
ES: Ja.
    _

Hammer. Nach all dem mußte ich tatsächlich
so aus aller innerstem Bedürfnis
Omega eine SMS senden:

    Wow, was für eine Geschichte.
    Können wir jetzt einfach neu anfangen?
    Oder weitermachen?
    Oder einfach einen Kaffee trinken gehen?
    Ich würde gern deine Hand spüren.

Und ja, nach der Intensität des Bisherigen, MUß ich glauben,
daß auch ER alles in gleicher Intensität, in gleicher Realität
erlebt hat.

Ich setze mich, greife seine Hand;
er ist kaum greifbar.

Fast so, als hätte ich den Äußeren mit meiner SMS
aufgeschreckt; der den Inneren verdrängt,
der Innere verschwindet.

Einen Moment später klingelt mein Telefon:
Gamma.
–

Ok, ich liebe es zu schreiben. In Worten festzuhalten,
für andere erfahrbar zu machen, was ich erfahren durfte.

Das Buch -unabhängig von Omega und was auch immer daraus in
Zukunft … passiert-, ist bezogen auf MICH genau dieses
Schreiben. Auch oder gerade weil einwenig phantastischer.

Ja, vielleicht weiß er wirklich GAR NICHTS von seinem Inneren
und von seinem "wahren" Leben in der anderen Welt ???

Dann wäre ich trotzdem schwanger.

Zumindest in oberster Ebene.

Und ja, vielleicht führen einige von uns mehrere Leben in
unterschiedlichen Welten zu gleichen Zeit.

Und manche wissen es oder können zumindest zugreifen,
und andere wissen es nicht.
–

Ich begreife gerade, was mich quasi durchdrehn lassen will:
Daß meine Realität schlagartig von hier nach da
und von da nach hier springt.

Gerade noch <u>bin</u> ich die Geschichte (also in ihr),
kurz darauf bin ich der <u>Erzähler</u> (von außen).

Und dieses Springen knallt SO ARG hin und her, daß "ICH MIR"
über so gar nichts mehr sicher scheinen kann.

–

Telefonat mit Delta, meine zack-bumm-Realtiätsverschiebungen.
Sie erzählt mir von sich und ähnlichem; ein Beispiel ist mir von
früher selber vertraut. Ihr Kommentar:
 Na also, hättest du es damals nicht gelernt,
 würdest du es heute nicht können.

–

Ok; unterstellen wir daß NICHT jemand von außen <u>MICH</u>
manipuliert, sondern diese Fähigkeit zum Tragen kommt;
damit ich sie jetzt bewußt nutzen kann/ich sie jetzt
konkret <u>brauche</u>.

Gedanke:
 ins Regal stellen für spätere … Nutzung, wie auch immer.

–

Wow, an diesem Buch zu schreiben. Ich weiß nicht,
ich flutsche tatsächlich in so eine Erzähler-Energie.
Und parallel höre ich mir -dem Erzähler quasi als Zuhörer- zu.

–

O mein Gott. Der Witz wäre natürlich, der ABSOLUTE Hammer:
 Ich; in dieser Realität schwanger mit Omega's DNA,
 der von nichts wüßte.

–

Ich bin mit dem Rad unterwegs. Und ja,
es könnte äußere Gründe, warum meinem Magen schlecht ist.

Oder -ich fahre tatsächlich grinsend wie ein Honigkuchenpferd-
ich wäre tatsächlich schwanger.

Und warum ich es aber SOFORT schreibe: Weil ich (unbewußt)
Omega dachte, und aber im gleichen Moment klar war:
ich spreche Omega, unseren Sohn an.

–

Ich war bei Gamma. Und im Moment bin ich nahezu wieder
unten, als ob alles nur eine große Illusion gewesen wäre; fast.

Erstaunlich ist, daß ich mich kaum noch an Details erinnern kann.
Höher-energetische Details auf nieder-energetischem Niveau
nicht mehr abgreifbar … .

Und ja, ein klitzekleines Bißchen in mir hatte gehofft, daß
Omega da sein würde/könnte. Eben griff ich nach seiner Hand:
nahezu nichts wahrgenommen.

Es ist leicht energetisch, aber ich schlafe nahezu ein, bzw.
mein Atem geht so. Was darauf deuten könnte, daß Omega
einfach schläft.

–

Keine Ahnung, aber im Moment fühlt es sich einfach nur so an
als wäre das Stück zuende, das DORT ist zu Ende. Und ich
müsse hier einfach nur noch Buch schreiben sprich: aufräumen.

Und Omega hier? Ende? ???

Bettchen !!! Und morgen: Buch schreiben. Ich freu mich. :)

2. Kapitel

O mein Gott.
1. Ich bin sowas von knitschig, fertig,
    wie Hammer auf den Kopf; geschlafen wie ein Stein.
    Ich dachte schon die letzten Tage wäre ich fertig.
    Nichts im Vergleich zu heute.
2. Ok, etwas ausholen: Heute nacht ins Bett.
    Und aber, ich mußte so ziemlich gleich den Gummi meiner
    Schlafanzughose von über dem Bauch nach unten machen,
    super empfindlich, ging gar nicht.

Berechtigte Frage: schwanger?

Und jetzt eben, völlig matsch, völlig knitschig wie ich auch
noch in der Birne bin, fällt mir plötzlich ein:

vor der großen Verarsche, als Pa noch Pa war,
hatte er mich vor Entscheidungen gestellt;
ICH sollte MEINE Wahl treffen.

Wobei es -für mich- natürlich so ist: wenn GOTT mich
vor eine Entscheidung stellt, dann bin ich GROß GENUG.

Und wenn GOTT doch vor eine Entscheidung stellt;
JA, du kannst ablehnen, und NEIN kein Zürnen, Rächen
oder sonst was; NEIN.

Und aber NEIN, MEIN Innerstes Streben WILL,
was Gott mir an Möglichkeit unterbreitet.
Mein Innerstes will nichts lieber als diese Möglichkeit.

Wir reden jetzt nicht davon, wie sehr mein Ego tobt und flucht und wütet, und so eine Innerste Entscheidung rückgängig machen will.

Hat in den vergangenen Jahren nicht EIN MAL geklappt. Die Innerste Entscheidung steht.

Heute morgen, matsche Birne …
kommt mir ganz blaß eine Erinnerung, daß Pa mich bzgl. Omega und Entscheidungen auch zu Sohn befragt hatte.

O mein Gott.
In jedem Fall werde ich jetzt meine Tagebücher durchsuchen.

Tagebuch (½ Jahr vorher):
… Hochzeit … Und dann sah ich auch noch Kind, bin völlig unklar, ob Schwangerschaft, ein Kleinkind, … .

Damals, ich erinnere mich blaß, war mir völlig unklar, wie Schwangerschaft hätte funktionieren sollen, da ich schon seit längerem keine Regelblutung. Ja, theoretisch … .

Nun, heute weiß ich es.

… Omega zu heiraten, meine Entscheidungen umzusetzen, zu erfüllen.

Als ob wir beide damit einen sehr viel höheren Zweck erfüllen.

Erfüllen. Erfüllung.

½ Jahr vorher schreibe ich obiges; ½ Jahr später gab es eine
Vereinigung, Verschmelzung auf höchster, lichtester Ebene, die
ALLE Spielwelten gleichermaßen berührt und verändern wird.

Nein, ich weiß nicht wie oder was; ich weiß nur <u>daß</u>.

Jenseits sämtlicher Vorstellungskraft.

Und in mir kommt:
    O mein Gott. Was habe ich getan?

Aufstehn, Morgenprogramm; denken;
ob der hiesige und der dortige Omega … der gleiche sind,
sich kennen … ???

als eine Gedanken<u>idee</u> durch mein Hirn streicht
(induziert wird, dieses mal ganz sacht, fein; eine Idee).

Daß Omega im Hier Aussetzer hätte, die Zeiten in denen er
DORT ist; wovon er vordergründig aber nichts wüßte,
sich dessen nicht bewußt wäre.

Was mich denken ließ: Und wenn ich ihm das Buch
-wie schon gedacht- schicken würde, er es lesen würde,
… und er sich erinnern/bewußt würde … .

Ich weiß ja auch nicht … Ich ihn aus sich selbst
erwecken könnte … .

    –

Klein-Omega; ich dachte heute morgen von unserem Söhnchen
tatsächlich in : Klein-Omega.

ließ den Namen voll Staunen über meine Innere Zunge gleiten
und sprach gleichzeitig unser Söhnchen liebevoll damit an.

Klein-Omega.

Unglaublich.
Unglaublich schön.
Unglaublich berührend.

–

Ich bin mir noch nicht sicher, ob das ein 3. Buch wird;
aber die Geschichte/das Geschehen selbst geht weiter.

–

Eigentlich klicke ich durch den Computer und doch plötzlich …
ich fühle mich so schwanger.

mein gedanklicher Fokus war meilenweit wo anders und doch
plötzlich und so ganz und gar real greifbar das Gefühl von
Schwangerschaft "da unten".

wow, einfach nur wow.

Ich habe mich, gemäß eines Gesprächs vor kurzem,
dafür entschieden: Ja, vielleicht ist das alles gerade
eine riesen Fiktion.

Tut sie mir gut? Ja, definitiv.

Wie ginge es mir, würde ich sie als Fiktion zur Seite
stellen? Ich hätte das Gefühl, ein Teil meines Seins
zur Seite zu stellen, abzulehnen.

Gegenüber's Grundgedanke war:
    Folge <u>DEINER</u> Kraft.

Schenkt mir diese … Kraft? Ja.
Schenkt es mir Kraft, diese … abzulehnen?
Nein im Gegenteil, es würde mich massivst schwächen.

    Also, solange du damit NIEMANDEM Schaden zufügst:
    Folge DEINER Kraft.

Ja, vielleicht ist all das nur ein riesen Gedankenexperiment
in meinem Kopf. Und vielleicht habe ich irgendwann keinen Bock
mehr auf dieses "Kopfspielchen". Aber im Moment bin ich Feuer
und Flamme und habe mich ENTSCHIEDEN es als für mich
begreifbare REALITÄT zu akzeptieren, anzuerkennen.

    Ja, es <u>IST</u>.

3. Kapitel

seufz. Ich schaue immer wieder die Schlüsselstellen von "Passengers".

Sie hatte die Wahl, wieder ihr GEPLANTES Leben ohne ihn oder "das Beste aus dem zu machen, wo sie gerade waren".

Sind wir -ja- tatsächlich in einer Zeit angekommen,
wo die Übergänge so offen sind?
ES: ja.

Wo ich einfach durch die Welten schreiten kann. Naja …
einfach, wenn ich die Denkblockaden, die mir konditioniert wurden durchschreite.
ES: jaaa.

Meine Glaubenssätze, meine Weltanschauung
halten mich einzig zurück.
ES: JAAA.

Und es passiert, daß es mich von einer Realität zack-bumm
in eine andere Realität versetzt,

eben noch IN der Geschichte,
zack-bumm ERZÄHLER der Geschichte,

eben noch ERZÄHLER der Geschichte,
zack-bumm ZUHÖRER der Geschichte.

Also werde ich mein Schreiben wieder aufnehmen und schauen,
ob ich auch heute wieder zack-bumm von einer Realität in die andere flutsche.

Helft mir. Laßt uns GEMEINSAM … wow
dieses Buch, diese Bücher
ERSCHAFFEN.

Erschaffen:
das Wahre, das Innerste freilegen; das was es IST;
und alles abtragen, beseitigen, was es NICHT ist.

JA, ICH WILL
ERSCHAFFEN.

Puh; neue, intensivere Ebene.
Unter "ERSCHAFFEN" will ich es wohl nicht mehr machen.
Ja, nein, nicht mehr darunter.

Welch ein Anspruch.

Laßt uns beginnen.

Wow.

–

Das Buch zu schreiben; irgendwie, irgendwo geht es schon
um das Buch. Und aber, ICH soll dieses Buch SCHREIBEN,
um blitzschnell die Realität zu wechseln.

Ich soll mich ÜBEN im Wechseln der Realitäten.
Und kann ich es mit dem Buch, kann ich es auch PRAKTISCH
ANWENDEN IM AUßEN (meine Blockade demontieren).

–

Ach du liebe Scheiße. Anhand von Buch und Tagebuch
kam irgenwie große "Fehlstücke" zu Tage.

Kurz vor letztem Kontakt mit Omega war ich nochmals in Prozeß.
O mein Gott. Aus jetziger Sicht wurde mit seinem letzten
-von ihm forcierten- Besuch die finale Aktion eingeläutet.

O mein Gott. Ich lese den Prozeß und werde an Dinge erinnert,
die VOR der "Übernahme" durch die Anderen passierten.

Aus jetziger Perspektive muß ich annehmen,
daß der hiesige Omega von all dem dortigen keinerlei Ahnung
hat.

_

Das Buch schreiben:
    meinen Liebsten wecken, wiederbeleben;
    daß er sich an sich selbst erinnert.

Es gibt im Moment quasi 2 Omega;
einen hier, der vielleicht eine Ahnung hat,
und einen dort, der weiß.

Meine Annahme, daß Omega wieder zurück sei, falsch.

Omega-dort hat sich/mich nur wieder entkoppelt;
so wie er sich halt plötzlich zugeschaltet hatte.

Ganz eigentlich sind beide EINS;
nur der eine sozusagen "Tagbewußtsein" und der andere
"Nachtbewußtsein" QUASI.

Und ich habe den Omega-hier und ich habe den Omega-dort kennengelernt. Und nein, ich würde um nichts in der Welt auf einen von Beiden verzichten wollen.

Ich fühle mich BEIDEN <u>zutiefst</u> verbunden.
Ja -ich weine- mit BEIDEN verschmolzen.

Und ich hatte grad mit Omega-dort gesprochen; daß er mir helfen solle Omega-hier aufzuwecken. Ob er mir z.B.
ein Video, Bild oder so von sich und evtl. mit seinen Kollegen zukommen lassen kann.

Die Beiden werden erst EINS, wenn unsere Welten EINS werden. Bitte Omega-dort, hilf mir.

Wir ALLE, ihr und ich haben jetzt zusammen diese Unglaublichkeit geschafft.

Bitte laß uns auch das schaffen.

Ich möchter mit dir UND Omega-hier in einer Welt leben.

Lach. Und ja, ich möchte Euer beider Eltern kennenlernen.

4. Kapitel

Ich hatte Omega-dort
noch nach dem Zeugungsprozeß eines Kindes gefragt.

Sinngemäß sah ich ein Energiefeld, in das
eine Seele von "Außen" eingeführt wurde, und die beiden Eltern
mit ihrem energetischen Fokus ihre Energie auf dieses Kind,
diese Seele prägten.

In unserem Fall gab es nicht dieses
künstliche "Apparate"-Energiefeld, sondern Gott-Gott
(hab noch keinen Namen) gab SEIN extrem viel intensiveres
natürliches Energiefeld und die Seele, die grundsätzlich eh
von ihm käme (nur daß das niemandem bekannt oder bewußt
wäre; und ER ja auch nie DIREKT anwesend wäre).

Und aber anhand dieses Vorgangs wurde mir klar, daß auch
bei UNS die Seelen quasi von AUßEN zugeführt werden.

‒

Ich bin mit EINER Seele verschmolzen, die aber zwei
Ausprägungen, zwei "Charaktere" hat.

Ich bat Omega-dort, uns nicht mehr zu entkoppeln.

Von dem hiesigen Omega bin ich eh schon arg "entkoppelt".

‒

Ich habe vorhin mit Omega-dort gesprochen.
Es ist alles so … verworren. Wir beide haben vor Ewigkeiten
eine Vereinbarung getroffen. Ich kenne aber weder
Seele Omega, noch kenne ich Pa-Pa.

Mein Pa kenne ich, er ist mir vertraut.
Hiesiger Omega scheint mir
vertraut.

Ich weine. Es ist alles irgendwie so wie "Passengers":
Zwei Fremde, die im gleichen Schicksal
gestrandet sind.

Im Prinzip bin ich unter Vorspielung falscher Tatsachen
in eine Falle gelockt worden.

Und hätte mir im Voraus jemand die Wahrheit gesagt;
ich hätte mich mit Händen und Füßen dagegen gewehrt.

Und dieser Vertrag mit Pa-Pa.
Ich kenne ihn nicht, er bedeutet mir nichts.

Pa gegenüber; ja, ihn liebe ich; ich fühle mich von ihm
zu tiefst geliebt; für ihn würde ich ALLES tun.

Vermutlich tue ich Pa-Pa Unrecht, aber wie gesagt,
er ist mir unbekannt.

Ich weine, Passengers … .

Ja, ich kann diesen Bund NIE WIEDER auflösen.

Und aber ja, nein, ich würde es nicht mehr wollen.

Ich fühle mich ihm, dem dortigen Omega zu tiefst … .

Ich habe gar keine Worte dafür …
   (?)Ein Herz und eine Seele(?)

Ja, ich fühle mich so EINS mit dir. Nicht auf dieser
Inneren Ebene, wo ALLES EINS ist, sondern auf einer
"physischeren", greifbareren Ebene.

Ich möchte NIE WIEDER OHNE DICH.

Mein liebster Omega-dort.
Du hast schon mal die Grenzen zwischen HIER und DORT
aufgehoben; hast unser beider Welten, unser beider KÖRPER
ineinander greifen lassen.

Laß es wieder geschehen; ICH MÖCHTE NIE WIEDER
OHNE DICH, nicht einen Tag.

Und laß uns Möglichkeit finden.
Naja, Pa-Pa impliziert durch UNS ja schon Möglichkeit.

Und ich bin sicher, er wird auch für seinen Sohn,
unseren Klein-Omega Möglichkeit vorgesehen haben.

Was ich sehe ist
   EINE EINZIGE WELT.

Und da der Geburtstermin quasi feststeht,
muß ich davon ausgehn,
daß bis dahin
   ALLES EINS IST,
   EINE WELT.

Und auch du und Omega-hier eins geworden seid.

–

Es ist so merkwürdig; alles, was ich ja tat,
tat ich bezogen auf Omega-hier.

Ich DACHTE ich tue an ihm, ich tue für ihn.
Statt dessen tat ich quasi an seinem "Zwillingsbruder",
für seinen "Zwillingsbruder".

Du hast meinen Körper gestreichelt; mit dir habe ich … .
–

Ja, mit Pa-Pa muß ich überhaupt erstmal bekannt werden.
–

Mein Liebster.
–

Realitäten.

Ich hatte einen Fehler gemacht; naja,
wahrscheinlich sollte ich ihn machen, um etwas zu erkennen.

Jedenfalls muß das erste Buch in dieser
fluffigen anfänglichen Art geschrieben werden.

Und zum Glück habe ich die vorherige Version meines
Geschriebenen noch. Damit ich wieder ganz und gar
    IN DIESE REALITÄT
falle.

Der, der DIREKT in der Geschichte steckt und
der Erzähler, der diese phantastische Geschichte erzählt.

–

Realitäten

Realität ist ein Energiefeld.

O mein Gott.
Stockholm-Syndrom ist ein Extrem für Realitätswechsel.

Und Realität ist NIEMALS eine Aussage,
was real ist und was nicht.

Realität ist eine Aussage darüber,
was ich in diesem Moment für real wahrnehme.

Weil selbst wir wechseln unsere Realitäten normalerweise
mehrfach am Tag.

Und dieser Wandel passiert,
indem wir das Energiefeld wechseln.

Indem ich in die Funktion/Rolle Mutter schlüpfe,
klinke ich mich in das Energiefeld "Mutter sein" ein.

Realitätswechsel;
wir benutzen eher den Begriff Perspektivwechsel.

Und ja, wir wechseln ja die Perspektive,
wir sehen aus einer anderen Blickrichtung
        WEIL
wir die Realität gewechselt haben.

Sehen wir die Welt aus den Augen einer Mutter, eines Vaters,
die gerade ihr 1. Kind bekommen haben; werden wir kaum
Nachrichten schauen können.

Sind wir in unserem beruflichen Umfeld
und sind wir Militär ... .

–

Also, ich will jetzt wieder
in die anfängliche Realität/Realitäten eintauchen;
um die Erzählung aus ihrer anfänglichen phantastischen
Perspektive erzählen zu können.

–

Und aber, wenn ich dieses Phänomen ganz und gar verinnerlicht
habe, werde ich problemlos nicht nur innerhalb unsererWelt/
Realität navigieren, quasi Alltag ... sondern ich kann auch frei
zu Omega-dort navigieren.

Genau, und die phantastische Erzählung war in so kraftvoller,
intensiver Energie geschrieben/passiert, daß der Leser
in eine andere Realität folgen konnte.

Wow.

5. Kapitel

O mein Gott.
Der hiesige Omega, der vor mir kniet, mir einen Heiratsantrag
macht.

Auch das würde die Welten dichter aneinander rücken;

Omega-hier und Omega-dort näher bringen.

Ah, ja, ich denke schon wieder "Das ist doch Wahnsinn.",
deutet aber lediglich auf unterschiedliche Realitäten hin.

SCHEINBAR, rückblickend; "immer" wenn ich sagte
"Das ist doch Wahnsinn." trafen eigentlich
unterschiedliche Realitäten aufeinander.

WAHN-SINN
eigentlich greift hier ein Sinn auf etwas, was für unsere Welt
TABU sein soll; nicht angefaßt, nicht angeschaut, nicht drüber
geredet und am besten nicht nachgedacht werden soll.
Eben ein
   TABU.
   –

Realitäten werden also von Jemandem oder Etwas
mit Tabus begrenzt.
Pa-Pa: Ja.
(Pa-Pa bisher ES)

Tabus/das Tabu:
nicht mal in die Nähe kommen. Es gibt nicht nur das Tabu selbst,
sondern quasi eine ausgedehnte Todeszone um das Tabu herum.

–

Film: Infinite - Lebe unendlich

"Weißt du, es gibt da eine Frage, die ich mir grad stelle:
Was, wenn die verrückteste Erklärung, und das ist echt
verrückter Scheiß, tatsächlich die erste ist,
die irgendwie Sinn ergibt."

–

Ok, ich habe das Konzept "Realitätswechsel" vorgestern
erstmals verstanden.

ES passierte mir
Pa-Pa: (grins: <u>wurde</u> mir passiert),
ich war kurz vor dem Durchdrehn.

Und aber, eine meiner GRUNDLEGENDEN Fähigkeiten ist,
Dinge zu erkennen und in Worte zu fassen.
    ICH erkenne:
    Gefühle, Worte die für Gefühle stehen;
    und ich ERKENNE, was in dem Moment passiert;
    in dem diese Worte, diese Gefühle in uns auftreten.

"Das ist doch Wahnsinn.": Eine Realitätsgrenze.
    ICH kann somit diese Worte, diese Gefühle benutzen,
    um die Grenze, um diesen Grenz<u>übertritt</u> zu erkennen,
    sichtbar werden zu lassen.

Energie (aus dem Hintergrund)
    SICHTBAR
    in den Vordergrund zu bringen.

Die Innere Welt wird im Außen
ERKENNBAR,
sichtbar, seh-bar.

–

Tagebuch seit [Omega's] verschwinden nochmals gelesen.

Ganz zum Schluß -hüst- was nicht im Buch erscheinen sollte:
Intimität mit Omega, NUR:

Als es passierte ging ich von Omega-hier aus.
Erst … später stellte sich dann raus, daß es Omega-dort war.
Was auch teilweise seine erstaunten/erstaunlichen Reaktionen
erklärte.

Nachdem wir also gerade ganz fein miteinander, lagen wir
aneinander gekuschelt und ich ließ meine Gedanken fließen.

Meine Überlegung, warum es Omega so widersteht,
daß Pa-Pa bei der Zeugung … .

Ich dröselte auf.
In ihrer Welt stehen Mann und Frau vor einem künstlichen
Energiefeld (ähnlich dem Angela-DingsBums in [Serie] Bones);
von oben/außen wird eine Seele in dieses Energiefeld
eingebracht, auf das dann Mann und Frau
ihre Energie … "aufprägen".

Dann schaute ich bei uns.
Pa-Pa WAR das Energiefeld, allerdings natürlich und
extrem viel höher-energetischer als das aus der Apparatur.
Von ihm kam DIESE Seele, von ihm kommen ALLE Seelen.

Was also hauptsächlich irritierend war,
daß er ANWESEND war.

Ich schaute, was wäre, wenn Pa.

Würde ich mit Pa schlafen wollen?
Ja nein, das stimmt so überhaupt und gar nicht.

Und ich fragte mich,
wer oder was er für mich eigentlich ist.

Er ist weise und wissend. Er hat Menschen schon
in allen Lebenslagen erlebt; in großen peinlichen,
schamvollen Momenten. Er kannte alles.

Und aber ja, genau; er urteilte und bewertete gar nichts
(so wie ich in Omega-hier's Augen NIE bewertet,
NIE beurteilt sah; mich nackt in seiner Gegenwart
einfach SEIN gefühlt habe).

Wenn also Omega-dort und ich intim würden und Pa wäre
anwesend; würde mein Ego noch kurzzeitig seinen Fokus auf
Pa haben und sich solange an seiner Anwesenheit stören;

bis Pa's Energie komplett in den Hintergrund träte,
verschmelzen würde; und mein Ego kein Fitzelchen, Eckchen,
Krümchen finden, das es stupft.

Pa schiene aufzuhören zu existieren.

Und DAS passiert aber vorallem auch dadurch,
     DAß Pa schon eine halbe Ewigkeit
     mein permanenter Hintergrund IST.

Wogegen Pa-Pa mir noch gänzlich unbekannt scheint.

Ah, ja;
mein ganzes Sein flippt noch hin und her;
kann sich so gar nicht entscheiden,
ob es ihn schon eine Ewigkeit kennt,
oder es ihn noch NIE/er absolut fremd.

Wie gesagt, erst jetzt, wo ich so genau hinschaue/hinfrage,
nehme ich das hin- und herflippen wahr.

Und wenn Omega-dort's Hintergrund grad genauso agiert

und aber sein Vordergrund sich -von den jüngeren Ereignissen-
erpreßt fühlt

Und dann scheinbar noch "vergewaltigt"

    Wenn ich mir ihre Zeugungsform anschaue:
    Die Seele, und auf diese wird
    die Energie der Eltern aufgeprägt.

    Und in erster Wahrnehmung
    hätte Pa-Pa seine Prägung auf uns alle 3 aufgeprägt.

Ok, in unserer Welt wäre das Bild
    Während Omega seinen Samen in mich ergießt …
    O Gott, lach, FURCHTBAR
    "baden" wir in Pa-Pa's Ejakulat.

Oh man; was für ein Bild.

Ja, bei <u>dem</u> Bild hätte ich auch eine AVERSION;
hätte <u>das</u> nicht haben wollen,
würde mich "beschmutzt"(?) fühlen.

Und als Mann von einem Mann ...

Gott nee;
das muß ja das Ur-Trauma jeden Mannes sein.

Scheiße.

O Liebster.
Ja, da bin selbst ich grad mal sprachlos.

6. Kapitel

Pa-Pa.
Gedankenblitz; ich sage Pa-Pa,
nehme ihn/es vermeintlich als männlich wahr

Gedankenblitz:
    dieses Energiefeld ist die
UR - Gebärmutter.

Pa-Pa.
O mein Gott.
Damals, vor Jahren … .

Die Vereinigung von GOTT & LIEBE.
Ich sah damals einen Gott über Gott.

Omega; daß ihr dieses Energiefeld braucht:
die Seele braucht IHRE Gebärmutter,
ihren Raum, Schutz, Kokon.

Pa-Pa ist eher Ma-Pa; männlich und weiblich zugleich.

Und wenn Mann und Frau, Samen und Ei verschmelzen;
brauchen sie zum Wachsen und Reifen eine Gebärmutter.

Ma-Pa, ihr Energiefeld ist diese Gebärmutter,
die Gebärmutter für die Seele.

Aus IHR, aus IHRER Gebärmutter sind WIR geschlüpft:
DU Seele, ICH Seele.

Ja, nein; in euren Apparat wird von Außen eine schon
"bestehende", eine schon (?)in das Alles(?)
geborene Seele gegeben.

Die UR - Gebärmutter ist der Übergang
von NICHTS zu ALLES.

Sie hat eine GANZ NEUE Seele in diese Welt geboren.

Wow.

–

Ja, ich liebe Omega-dort und ja,
ich würde am liebsten ALLES ANDERE vergessen.
Aber meine wichtigste Aufgabe IST: Omega-hier.

–

Ur-Ma; ich glaube, der Name
erscheint mir im Moment angemessen.

Und aber ja, dann ist mir klar,
warum mein Sein hin- und herflippt.

Wir kennen sie, von Anbeginn.

Und aber ja, Äonen Leben später.

SIE hat uns geboren.

Aber groß geworden sind wir in unzähligen Welten.

Ma; ich weine.

Ich beginne, ihre Energie wahrzunehmen, mich ganz langsam
zu erinnern.

[Das Lied], "In the light of love" [von Deva Premal],
verkörpert für mich ja die irdische, leichte Energie.
[Das Lied von] Ananda Giri, "The-Oneness-Mantra",
die Göttliche [Energie]; tiefer, kraftvoller, ruhiger.
Und Ma's Energie … .

    –

Ich dachte, Unendlichkeit ist Unendlichkeit. Aber
so wie der Unterschied zwischen diesen beiden Liedern ist,
so und noch größer ist der Unterschied zwischen
Göttlich und Ma.

Und ich dachte, fühlte:
Göttlich wäre … Groß, aber Ma ist … Gigantisch.

    –

autsch; damals, vor Jahren:
meine Bilder/Visionen/Wahrnehmungen von Gott-Gott.

Und jetzt scheint das Ganze in das Außen einzutreten.

lach. Ich glaube, mein Pensum an Erstaunt-sein ist
aufgebraucht.

Ich nehme die neuesten "Erkenntnisse" jetzt einfach mal nur
zur Kenntnis.

7. Kapitel

Ich weiß auch nicht (Thema: Buch schreiben).
ICH scheine mich ständig <u>selbst</u> aufzuhängen.

Klebe an meinen eigenen Texten, Aufzeichnungen.

Als ich BEGANN, war ich dieser fluffige Erzähler.

Ja, nein: Ich war der SPRINGER zwischen den Realitäten.

Ich war kurz vorm Durchdrehn, so völlig
"habt ihr sie noch alle?" war das Ganze.

Nächsten Moment: flipp, wieder raus;
mich ob des Wahnsinns halber tot gelacht.

Und inzwischen begrabe ich mich/begräbt es mich
METERHOCH unter Details; und parallel läuft alles weiter,
meine Realität oder … die Tatsachen wandeln sich wieder mal
(Buch 3) und ich komme nicht zu Potte.

‒

ARTHURO: Der Erschaffer von GOTT & LIEBE.
ARTHURO: Die Liebe zum Leben.
(geschrieben vor 9½ Jahren)

‒

(geschrieben vor 9 Jahren)
Die Leidenschaft öffnet das Zeitfenster.
Durch synchrone Zeitfenster im Innen und Außen
können Ideen von der einen Welt in die andere gelangen.

Ihr Lieben

wer immer aus der LICHTEN Welt
sich berufen fühlt mir seine Unterstützung
zuteil werden zu lassen;
bitte tut es
für Ma.

Schenkt mir DAS Energiefeld,
wo ich dem Liebsten HIER schreibe,
was es voller Leidenschaft und voller Freude
zu schreiben gibt.

Ja, ich habe keine Wahl;
es gibt nicht entweder den Einen Hier
oder den Anderen Dort.

Es gibt nur
    IHN mit SICH vereinen,
    HIER mit DORT vereinen.

Und ich muß meine tiefste Liebe spüren;
    meine tiefste Liebe für IHN,
    meinen Liebsten im HIER und DORT.

Und meine aller tiefste Liebe für Ma.

Ja, ihr zu Liebe werde ich …
    ja, Himmel & Hölle in Bewegung setzen;
    Himmel & Hölle vereinen.

Oh Leute,
    geht es gelegentlich mal etwas weniger pathetisch,
    weniger "ich muß noch kurz die Welt retten"?

Aber ja,
    Himmel auf Erden
kann jeder;
    Himmel & Hölle vereinen
ist doch eine gewisse
Herausforderung.

Ihr Lieben
    schenkt mir Kraft, Fluffig, Ausdauer ...
    alles, um dieses Buch zu
        ERSCHAFFEN;
    das Buch, das meinen Liebsten
        im tiefsten Inneren
        berühren, erinnern, erwecken soll.

So sei es.

Ma, schenk mir und Deinem Sohn
    DEIN Kraftfeld
***

–

Ich habe das Buch [1] an Omega GESENDET.

Es ist vollbracht.

–

Ich habe -bevor ich sendete- nochmal vorallem
die Hauptakteure MA und Omega-dort um ihre Unterstützung,
ihre Energie gebeten.

Als ich in Ma's Energie Eintauchte,
war es
UNGLAUBLICH
wie oberflächlich/flach Pa mir vorkam.

Ja, ich hatte doch gestern,
beim Wiedererkennen, beim Wiedereintauchen festgestellt,
daß es seine kleine Unendlichkeit gibt und ihre
GROßE, GEWALTIGE Unendlichkeit.

–

In Anbeginn.

Sobald man Energien in ihrem wahren Sein wahrnimmt,
kann man beginnen, mit ihnen zu spielen.

–

Grad habe ich Film unterbrochen, bin in Ma's Energie versunken.
Ich bin nicht mal sicher, ob ich überhaupt noch geatmet habe.

Keine Ahnung,
alles ist … so anders,
so … wahrhaftiger,
wirklicher,
so … IST.

Ja, ich denke,
DAS ist das wahre Wort.

–

Ich habe vorhin, nachdem alles passiert war, heiß geduscht,
bin dann ins Bettchen, bat dann die Anderen,
jetzt die Verantwortung abgeben zu dürfen,
und von ihnen umsorgt zu werden.

Dann habe ich noch kurz gefragt/gedacht,
wen ich jetzt anfassen/gern anfassen würde?
Mein Mann war das einzig stimmige.
Ich spürte meinen Omega. Dann war ich weg.

Als ich aufwachte; die Infinites (Lebe unendlich),
sie berührten mich, an sie dachte ich, während ich Ma …
mich in Ma spürte.

8. Kapitel

Es ist merkwürdig, Omega-dort dachte ja,
er hätte <u>mich</u> benutzt. Und ja, das dachte ich ja auch.

Wow, es ist fast so,
als wären alle Verletzungen verschwunden.

Als wäre Ma die eine,
als wäre mein Vergessen ihrer, das eine Einzige sein,
nach dem ich so viele Leben gestrebt habe.

Es ist, als ob alles Andere aufgehört hat.

Ja, natürlich gibt es das Andere da draußen,
aber es scheint noch kleiner, noch unbedeutender.

    –

Keine Ahnung;
trage ich unseren Sohn hier in dieser "Realität"?

Omega; ich muß annehmen -ich weine-,
daß ich ihn genauso wie Ma, von Anbeginn kenne und ihn
genauso wie Ma, vergaß, vergessen mußte;

wir auf niederer Ebene, … ich weiß nicht,
(?)wahre Größe, (?)wahre Tiefe,
beweisen mußten … .

Es ist einfach,
die tiefsten Gefühle bewußt zu kennen,
und dann gemäß dieser zu handeln.

"Es ist einfach,
auf hohem Niveau
ein guter Mensch zu sein.

Aber wahrhafte Größe zeigt sich erst,
wenn man klein ist
und groß handelt."

Omega-hier hat von Anfang an mein tiefstes Sein berührt.

Und indem er immer wieder verschwand, hat er gleichzeitig
meine tiefsten Verletzungen offenbahrt.

Omega-dort hat mich auf niedrigem Niveau benutzt.
Und ja, der Schmerz war unvorstellbar.
Und doch mußte ... durfte ich erkennen,
wie unglaublich selbstlos
er gehandelt hatte.

Und ich durfte miterleben, wie vermeintliche Schuld
sich in Nichts auflöst.

Und jetzt?
Anbeginn. Ich habe mich erinnert.

Ich bin in mein wahres Zuhause zurückgekehrt.

Über viele Äonen werden wir jetzt
alles alles alles verschmelzen.

Bis wir ganz zum Schluß da aufhören, wo wir angefangen haben.
Alles wahrhaft vereint, alles heimgekehrt in
NICHTS.

Dann, wenn dieser ewig währende Tag
sein Ende finden wird.

Und ja, wir haben den großen Umkehrpunkt
überschritten.

All das ist wie ein großes
Ein atmen und Aus atmen.

Aus der Nacht heraus
gebiert das Sein; das Leben

ein unendlich langes
Ein atmen

alles ist im Werden, sich entfalten

und im Moment der größten … Expansion,
der Umkehrpunkt

es beginnt das große
Aus atmen

wo alles mehr und mehr zur Ruhe kommt,
sich entspannt, losläßt, heimkehrt.

Und irgendwann ist der große Spieltag vorbei.

Das Leben begibt sich zur Ruhe, versinkt im Nichts.

Bis ein neuer Tag, ein neuer Atemzug
das Leben von neuem
belebt.

–

Ich bin gespannt, was die nächsten Tage noch bringen.

Und aber wow, das Obige ist ja schon … das Schlußwort.

Das erstaunliche war, während ich obiges wahrnahm,
überlagerte sich obige Empfindung mit einem ganz normalen Tag.

Und ich nahm wahr, daß Energiequalität über den Tag
genau das widerspiegelte, was ich beschrieb.

Der reine, <u>natürliche</u> Tag hat genau <u>diese</u> Qualitäten.

Und ja, letztlich auch jeder einzelne Atemzug.

Ein ganzer langer Tag spielen. Wow.

9. Kapitel

Meine Suche ist an ihrem Ende.

Merkwürdig. Ja, ich habe noch keine Ahnung,
was ich damit anfange.

Ah, ja;
mein Innerster;
mein Innerster Innerster Antrieb
ist also erst im Nichts verschwunden.

Es gab IMMER -ah, ja, Verletzung-, dieses Etwas,
was mich NIE wirklich hat zur Ruhe kommen lassen.

—

Ich bin plötzlich zur Ruhe gekommen, quasi zum Stillstand.

—

Ich hab mir all das jetzt bewußt gemacht;
Im Moment kann ich mehr nicht tun.

Gefühlt schreib ich sehr zeitnah die letzten 2 Bücher [2&3].

—

Ja, auch das Teil dieser plötzlichen Ruhe, kein Sehnen mehr;
und also auch kein Sehnen mehr nach dem Liebsten.

Ich bin gespannt, was daraus erwächst.

Denn wenn wir verschmelzen sollten, dann gehe ich davon aus,
wird das eine neue Funktionalität aktivieren.

Ich merke ein Hintergrundglucksen, mein Gedanke ist also
zutreffend.

–

Wow, wie immer, wenn etwas vollendet ist,
verliert es jegliche Relevanz (?).

Als mir die Dinge noch passierten, waren sie aufregend;
ich wollte sie mitteilen, teilen.

Jetzt ist all das zur Ruhe gekommen und es scheint schwierig,
genügend "intrinsische Motivation" zu finden, um die 2 Bücher
noch zu schreiben.

Und aber ja, der heutige Tag neigt sich dem Ende;
das kleine Nichts.

Der morgige Tag, die morgige Woche wird mit neuem Atem
das Leben beleben.

Ich schüttle grad wieder den Kopf. Welche Worte.

–

Ja, doch; es ist UNGLAUBLICH, wer oder was man ist,
je nach Energieniveau.

au;
        es gibt nur ein Wahres:
        NICHTS.

        selbst die Unendlichkeit,
        Ma's Unendlichkeit
        ist nicht real;

sie ist bereits
Spielwelt

selbst Ma ist
Spielwelt

Das Nichts scheint -im Moment- nicht vorstellbar.

Und noch weniger vorstellbar scheint:
aus welchem "Impuls" heraus entstehen die Spielwelten.

Gefühlt scheint es nichts "Größeres" als das Nichts zu geben.

Und aber; meine Wahrnehmung könnte natürlich
Systembegrenzt sein;

also nicht über die "hiesige" Spielwelt, über das hiesige Nichts
hinausgehend … .

Ah, ja; ich denke grad wieder "Wahnsinn".

Könnte also ein Tabu als "natürliche" Grenze eingebaut sein?

–

lach; die Hand, die sich selber zeichnet.

Was, wenn tatsächlich alles und alle ICH BIN?

Was, wenn ich tatsächlich nur mit mir selbst
in -zig Schattierungen spiele.

Was ja aber quasi wieder Gott "schizophren" gleich käme.

–

Omega; so wie ich Ma nicht erkannte, gehe ich davon aus,
auch DICH nicht zu erkennen. Und dich aber doch aus
der gleichen Zeit zu kennen. Ich bin sehr gespannt.

–

lach.
Die Unendlichkeit ist die Äußere Begrenzung der Spielwelt.
Die Unendlichkeit IST die Spielwelt.

–

Wow; grad mit Omega ... geschlafen; viel zu grobes Wort;
dahinfließen.

Er und ich werden getrennt sein, solange bis Omega-hier
sich erinnert, sich findet.

Weshalb ich grad dachte: Finde Omega.
Du mein Liebster dort, finde ihn hier.

10. Kapitel

Ich wollte heute eigentlich … .
Mein erster Wecker … gar nicht;
mein zweiter Wecker 1 Stunde später … .
Aber als … da ging irgendwie gar nichts mehr.

Ich lag anfangs noch im Bett, dachte ob ich in Café, draußen;
oder Gamma. Ganz letztlich machte ich mir einen Kaffee,
kuschelte mich wieder in mein Bett … .

Ja, hatte auch kurz Omega's Hand gegriffen. Aber da
-lächel- passiert im Moment nicht mehr KRACH-BUMM,
sondern fein, ganz fein.

Ich driftete weg, auch weg von Omega.

Ich lag auf dem Rücken, meine Hände auf Klein-Omega;
als zarte, feine Gefühle durch meinen Unterleib … .

Omega; er schickte mir meine eigenen Gefühle, die er beim
letzten Mal miterleben durfte. [als ich ihn eingeladen hatte,
MEINEN Körper zu fühlen, während wir …].

Ich war … körperlich … überhaupt so müde;
ah, ja, er schickte genügend Energie um diese Schwelle
verschwinden zu lassen.

Anfangs wollte er mit seinen Händen einfach nur berühren.
Ja, beide Hände. Mit einer Hand strich er flächig,
fühlte Haut und Körper.

Mit der anderen Hand, Fingerspitze,
erforschte er einerseits Oberfläche, andererseits,
welche Empfindungen <u>in</u> mir, in meinem Heiligsten
durch diese Berührungen hervorgerufen wurden.

Ja, er ~~verwöhnte~~ -falsches Wort- …
entschweben;
sich immer mehr in seine einzelnen Energiepunkte auflösen; Nichts
werden.

Ja, selbst dieses feinste Feine hinter sich lassen;
Aufhören zu Sein.
Wow.

–

Ja, doch, es ist schön, aufzuhören

zumindest auf diese Art;
aufgrund seines eigenen

Und ja, die Seelen, die in Omega's Welt starben,
kehren zurück ins Nichts. <u>Der</u> Spieltag ist für sie vorbei.

Aber am nächsten Tag werden auch sie wieder mitspielen.

–

Es scheint die absolute Ausnahme zu sein, daß mitten <u>IM</u> Tag
noch eine Seele aus dem Nichts geboren wird,
so wie Klein-Omega.

Ich habe noch keine Ahnung.

–

filigraner [Buch (1), 2. Kapitel];
vorher brauchte ich denken, Isolation, nicht abgelenkt werden.
Jetzt brauche ich noch weicheres denken, noch viel subtileres
fühlen, [Das Skelett meines Seins wird zersetzt von -zig
klitzekleinen Löchern Leere; wo mein "Denkpanzer"
zersetzt wurde, für fühlen durchlässig wurde.
Mein grundlegendstes Sein wurde verändert.]

Ich glaube nicht, daß ich heute das Haus verlasse.
    –

Ich bin "wach" geworden.
    –

Wacher
    –

Liebste Delta.
Bitte lies. Ich würde gern teilen, wer ich inzwischen bin.
Die kürzeste Version, es zu begreifen sind die Bücher.
Bitte.
    –

Gefühlt stehe ich demnächst auf …
und sitze am 2. Buch.

11. Kapitel

Ich war schon vor Jahren zu der Annahme/Überzeugung gelangt
daß viele Autoren, vorallem phantastische Autoren weniger
eigene Fantasien, also selbst AUSGEDACHTE Geschichten
schreiben, als vielmehr daß sie sich in "BESTEHENDES"
einklinken.

Ich muß fast annehmen, daß auch die Welt von Harry Potter
tatsächlich besteht.

Und aber ja, der Autor leistet eine unglaubliche Fleißarbeit,
indem er quasi "mitschreibt", was ihm gezeigt wird.

Und aber auch eigenständig Fragen stellt und diesen
energetischen Fäden folgt, sie niederschreibt.

Ich selbst würde mich als relativ fantasielos erachten.
Und doch bin ich, wo ich bin.

Bis vor kurzem hätte ich mich als relativ logisch-rationalen
Menschen erachtet; ja, mit einem Hang zur Spiritualität
(was immer jetzt der EINZELNE darunter verstehen mag).

Ich hatte mir im Laufe von Jahren hart erarbeitet,
die uns antrainierte Bewertung von ALLEM abzulegen.
Sie ist quasi die Vorstufe zu Tabu;

funktioniert die Bewertung nicht; bleibst du
nicht fern aufgrund konditionierter Bewertungen,
gelangst du in den Grenzbereich Tabu,
die Zone des Undenkbaren.

Ich hatte mir also hart erarbeitet, die Konditionierung der Bewertung in mir zu löschen/umzuprogrammieren.

Ich mußte Dinge, die scheinbar so gar keinen Sinn machten oder auch die völlig wahnsinnig schienen, nicht mehr sofort in den Mülleimer treten. Ich konnte sie einfach ins Regal legen.

Und IRGENDWANN gab es PLÖTZLICH den Augenblick, wo genau DIESE Information seinen Sinn, seine Wahrheit entfalten konnte. Entfalten konnte, weil sie nicht im Müll gelandet war.

Anbeginn. Nichts.
Im Moment ist die "Realität" für mich so glasklar; wie es vormals meine "normale", alltägliche Realität war. Ich fühlte mich weitesgehend dem Normal unserer Kultur, Welt, "Matrix" kompatibel. Das ist im Moment wohl eher nicht mehr der Fall.

Denn natürlich könnte DIESE Realität auch vielen anderen zu Teil werden, wenn die Gesamtenergien tatsächlich SO ANGEHOBEN WORDEN SIND, daß quasi Allen diese Realität sichtbar ist.

Ja, es gab eine Zeitspanne, da ~~glaubte~~ -falsch-, da zweifelte ich, ob meine Wahrnehmung tatsächlich wahr sei. Nein, dieser Zweifel, dieses Etwas existiert nicht mehr.

Tief in meinem Innersten, noch so viel tiefer, daß ich diese Tiefe nicht mal für möglich gehalten hätte; gab es Etwas, was so unglaublich schmerzte, trotz all des phantastischen, was ich in der Tiefe fand.

Mein Tiefstes und Innerstes blieb immer nur
in dieser Spielwelt, bei Pa.

Ja, er war unglaubliches Balsam für meine Seele.
Und doch gab es dieses noch tiefer, wo er, wo sein Balsam
keinerlei … Wirkung entfaltete.

Und dann der Moment wo ich Ma erkannte. Und der Moment,
wo mir 2 Tiefen von Unendlichkeit gewahr wurden.
Der Moment wo ich Anbeginn wiedersah.

Das war der Moment, wo dieser aller innerste Schmerz
verschwand, aufhörte zu existieren.

Ich stand in der Tür zu
    Nichts.

Der Übergang zwischen
    Nichts
    und unendlichen Spielwelten.

Der Übergang
    zur unendlichen Ruhe
    und dem taghaften Spiel.

    –

Anbeginn.

Ja, mein Schwur, er gilt noch immer. Aber er hat seine
"Bedrohlichkeit" verloren. Denn im Wahren, im Nichts,
verliert auch er seine Bedeutung, hört auf zu existieren.

Und hier in der Spielwelt?
Dieser Schwur wird ein Innerstes in sich tragen,
sein wahres Sein.

Und ich bin jetzt schon gespannt auf die Entfaltung
seines <u>wahren</u> Seins.

–

Ich sitze, frühstücke, schaue nach draußen und frage mich,
wie ich <u>diese</u>, äußere, hiesige Realität mit dem im Innen
erfahrenen in Übereinstimmung bringen söllte.

Aber vielleicht ist <u>das</u> garnicht notwendig.

Sowenig wie man sein Eltern-sein mit seinem gleichzeitig
<u>Kind</u>-sein in Übereinstimmung bringen muß.

Mitunter <u>muß</u> man
diese beiden Realitäten nebeneinander stehen lassen,
einzig verbunden durch mich.

–

Ok Ma, Omega-dort und ihr alle, die ihr diese Bücher für
wichtig, notwendig, herzöffnend erachtet; ich werde
das 2. Buch beginnen. Bitte unterstützt mich. Danke.

12. Kapitel

Ich denke grad, heute morgen, ich wache immer mal wieder
auf, schreibe unglaublich GROßE, TIEFE Gedanken;
falle anschließend quasi wieder ins Koma … .

–

Wow; ich habe quasi alles, was im Tagebuch bzgl. Buch steht,
gelesen. Und ich werde quasi fast alles übernehmen.

In jedem Fall bin ich wieder zu tiefst berührt. Wow.

–

Gott nee. Bereits KURZ NACH BEGINN UNSRER BEZIEHUNG
gab es SIE. Ohne jetzt noch weiter zurück zu lesen, SIE
die DORT gab es also bereits zu einem Zeitpunkt,
wo von dem später folgenden WAHNSINN
weit und breit noch nichts
erkennbar war.

lach; wenn mich etwas hätte stutzig machen sollen, dann waren
es vom ersten Augenblick an seine mich anstrahlenden Augen,
quasi GÖTTLICHE Augen, GÖTTLICHES Strahlen;

und dann später seine Ausstrahlung,
diese Ausstrahlung reinen absichtsfreien Seins.

Ja, ich habe sie wahrgenommen, BEWUßT wahrgenommen; und
ich habe sie in den folgenden Monaten wieder und wieder
"überprüft"; ich konnte nichts dunkles wahrnehmen,

sie schienen rein; sie sind rein,
auch wenn ich aus heutiger Perspektive überprüfe.

Und aber doch tauchten mit ihm im Außen ziemlich bald
im Innen meine zukünftige "Seelengruppe", seine Kollegen auf.

–

O mein Gott.
Damals Prozeß. Ich habe ihnen … . O Ma (grins)

–

Wow. Ich bin schon wieder/immer noch schwer beeindruckt.

Ich habe die letzten Stunden gesessen, Buch … naja,
abgeschrieben. Ich schrieb "lediglich" mein Tagebuch ab. Und
ergänze eventuellst, falls der Kontext miß-/unverständlich sei.
Ansonsten: Fleißarbeit.

–

Gott, ich liege im Bett und merke erst jetzt, wieviel Energie
die ganze Zeit durch meinen Kopf ging. So wie wenn man
Stunden gegen den Wind gelaufen ist. Und plötzlich
ist er weg und erst da merkt man, welche Kraft
die ganze Zeit auf einen eingewirkt hatte.

–

Omega's Hand zu fassen ist dabei auch nicht gerade dienlich.

–

Mein gesamter Brustkorb vibriert vor lauter Energie. Wow.

–

Gefühlt ununterbrochen ging zumindest die letzten Stunden
der Prozeß weiter.

Die ersten (ca. 3 Stunden) hatte ich tief und fest geschlafen.
Und dann ratterte wieder die Geschichte, so als ob mir jemand
erzählt; ja, nein, schon ich in der Geschichte.

–

Mir ist so schlecht. Aufregung oder schwanger?
Ma: (grins/lach) schwanger.

–

"Liebe überwindet alles."

Liebe ist so hoch-energetisch,
daß es nieder-energetische Barrieren wie z.B. Tabus
einfach überspringt.

–

Was ist Leben aus der Perspektive von Nichts?

Was ist Leben?

–

"Weil ich mit DIR den Rest der Unendlichkeit verbringen will."
    DIESER TAG UNENDLICHKEIT
Wow.

–

Ich habe stundenlang geschrieben/abgeschrieben; und doch
liegt noch soviel vor mir.

Ma lächelt, weil ich -während ich zum "absacken"
"Passengers" gucke-, schon seit einigen Minuten in mich fühle,
und da "unten rum" es sich so … anders anfühlt.

Ja, Ma, ich würde sehr gern unseren Sohn in diese
neue, strahlende Welt gebären. Nachdem DU ihn geboren hast.
Ma.

13. Kapitel

Warum tobt da draußen <u>dieser</u> Wahnsinn?

Die "Bösen", "Dunklen", "Nieder-Energetischen" scheinen
zu Höchstleistungen hochzufahren.

Und die anderen …

Die Einen scheinen noch immer … ja, ich weiß gar nicht …
zu "glauben"; Glauben, was man ihnen vorsetzt.

Und die Anderen … ich glaube, viele sind müde; noch dazu,
da es so sinnlos ist.

Ich hatte damals LANGSAM das Gefühl,
dieses ganze Panik-Gaga; langsam würden die "Schlafschafe"
empfänglich. Da ging … nächste Panik los; der gleiche Wahnsinn
nur andere Couleur.

Also Ma, warum das Alles?
Und all die Menschen, die auf die eine oder andere Art leiden.

Ja, die letzte Runde durch super niedere Energie;
noch mal so richtig dicke Suppe durchwaten.

Irgendwie scheint es so schwierig, das Alles als Spielwelt
anzusehen.

Und aber ja, ich spüre Konditionierungen greifen, die mir
<u>verbieten</u> wollen, es anders sehen zu wollen, anders sehen zu
<u>können</u>, als <u>ernst</u>, <u>böse</u>, <u>bitter</u>, <u>NIEDER-ENERGETISCH</u>.

Es ist unglaublich, wo und wie und was
an Energiefeldern installiert worden ist.

Und aber ja, Äonen Zeit gehabt.

–

Das Einatmen, die Spannung, der Druck;
der von Augenblick zu Augenblick immer mehr zu nimmt.

Bis zum Umkehrpunkt. Ein Moment in der Schwebe.

Weder Ein- noch Ausatmen. Ein Moment der Schwerelosigkeit.

Upside Down:
2 Welten die sich vereinen, verschmelzen.
2 Menschen die sich vereinen, verschmelzen.
Ein Moment der Schwerelosigkeit.
Der Zenit.

Und das Ausatmen, die Entspannung hat bereits eingesetzt.

Nieder-energetisch spielen ist das Kräfte-intensivste was geht.
Als ob du permanent in zäher Gummimasse festhängst.

Vermutlich gibt es auch sehr viel lichtere Spielwelten.

Ja, und aber auch "Leistungsgesellschaften".

–

seufz. Nur noch wenige Stunden Schlaf. Bettchen.

14. Kapitel

Es geht nicht darum, daß die Seele (von Ma) geboren wird,
sondern daß jemand bereit ist, sie zu gebären, in Liebe
zu gebären, in Liebe zu empfangen.

–

Das ganze hiesige (irdische) Sein mußte tief und fest schlafen;
weder wäre es licht genug und aber, stell dir bloß den
geringsten Zweifel, das geringste "Aber" vor.

Ja, so funktionieren Begrenzungen;
WIR BEGRENZEN UNS SELBST.

O Ma.

–

O mein Gott. Ganz fein mit Omega-dort;
obwohl ich anfangs noch gar nicht wirklich in Stimmung war.
Und es war jetzt so fein, so … .

Wenn der Muttermund sich gaaanz laaangsam öffnet,
um sich dann über den Penis … , den Penis ganz sanft und
fein mit seinen Lippen zu umschließen.
seufz.

–

Omega fühlt sich nicht mehr befleckt, beschmutzt
(anfangs, wo er Ma für männlich hielt).

Jetzt ist nur noch Freude auf unser Söhnchen.

seufz.

UNSER SÖHNchen.

–

plötzlich wach wach wach; also auf diese räkelnde Art.

Und wieder die Frage -ah, ja: köstlich-,
Was ist Leben aus Sicht des Nichts: Köstlich.

Und wieder das Beispiel
-oh, es in dem Moment schon zu erkennen-,
wie ein richtig ausgeschlafener Sonntag, ein einfach
VOLLKOMMENER Tag im Innen UND Außen;
und alles ist so … köstlich, so lebendig.

Aus der Sicht des Nichts ist die Seele noch UNGLAUBLICH
erhohlt, unglaublich ausgeschlafen, unglaublich … hungrig; dieser
köstliche Hunger, wo alles noch so … neu ist, so erstaunlich.

Ja, die Seele ist so UNENDLICH ausgeruht, ausgeschlafen,
erhohlt; und dürstet nach Neuem; aber einfach in dieser
fließenden, staunenden, entspannten, neugierigen Art;
erforschend, abenteuerlustig; alles so unglaublich
STRAHLEND hinterlegt, so erfüllt/erfüllend.

Ja, das Nichts, der unglaublich erhohlsame Nachtschlaf der
Seele, nachdem ein wunderschöner neuer Tag uns erwartet und
unsere Seele voller Zuversicht in den neuen Tag startet.

Und all das vergißt die Seele im Laufe eines unendlich langen
Tages, und wird mitunter so unendlich müde, daß manchmal
nicht mal mehr das Nickerchen -der Tod zwischen 2 Leben-,
mehr auszureichen scheint/ausreicht.

Und manchmal sogar den Wunsch hegt, ganz und gar
heimkehren zu wollen, heim, Nichts, nur noch eintauchen
in den unendlichen Schlaf.

Ja, das Nichts ist nicht das Ende; es ist nur Teil
der unendlichen "Dualität", dieses unendlichen Vergessens
und des unendlich neuen Tages.

Und dieser unendliche Atem,
so … langsam, unglaublich kraftvoll, tief;
Ja, das ist die wahre Heimat meiner Seele.

‒

Für diese wenigen obigen Augenblicke auch nur heimzukehren
ist so unglaublich erquickend, labend. Ja, danach ist das Leben
wieder köstlich, brizzelnd; und ich kann das Leben ganz neu,
ganz anders genießen.

‒

Der unendliche Schlaf des Vergessens; am nächsten Tag ist
völlig bedeutungslos, was man am Vortag gespielt/erlebt hat;
so wie für das Kind mit jedem neuen Tag eine neue unglaubliche
Welt beginnt;

und es sich voll kindlichem Vertraun in die Arme dieses
neuen, unbekannten, lockenden Tages fallen läßt.
So lassen wir uns voller Neugier in die Arme unseres
seelischen neuen Tages fallen; und werden im Laufe dieses
Tages erwachsen; und vergessen mitunter ganz und gar,
worum es bei unserer Reise eigentlich geht:

"ein unglaublich großes Abenteuer,
wir können sein, was immer wir wolln."

Manche sind am Abend ... verbittert, gekränkt;
andere heiter, gelassen; und manche einfach nur müde.

Unsere irdischen Zyklen sind im klitze klitze klitze kleinen,
was das wahre Leben im unendlich Großen ist.

Das, was wir in unserer Welt spielen, ist nichts anderes,
als wenn Kinder Mutter-Vater-Kind spielen; sie spielen im
klitzekleinen, was das irdische Leben im großen ist.

Und ja, so gesehn sind wir Menschen in dieser Spielwelt
was besonderes, unser Spiel ist was besonderes; weil diese
Spielwelt am geneigtesten ist, uns an unser wahres Zuhaus,
an unser wahres Sein zu erinnern.

Und jetzt geh spieln. Genieß den Tag. :)

Räkeln, köstlich räkeln.

15. Kapitel

Heute morgen erscheint mir mein Körper leer;
so wie er mir gestern abend voll erschien. Aber ja,
das ist etwas, was komplett außerhalb meiner Kontrolle,
meiner Möglichkeiten liegt.

Komm nach Hause kleiner Omega.
-was meint nach Hause?-, wo du sein kannst, was du bist.
Das wäre im Leben, :) also bei mir. Knutsch ***

–

So wach, wie ich vorhin war;
so müde/nahezu bleiern bin ich jetzt.

Es wäre eine köstliche Müdigkeit, wenn ich
weiterschlafen könnte. Aber nein:
aufstehn, aufstehn müssen.

–

Omega mein Liebster.
Ich danke dir für dieses wunderschöne heut nacht. *

–

O mein Gott. Könnte es sein, daß Omega-dort -Ja-
zeitweise HIER war, und er es war, dem ich
nachspüren konnte?
Ma: Ja.

O mein Gott. Was weiß Omega-hier dann überhaupt?
Ma: Nahezu nichts.

–

Wobei, der Mensch, das Wesen, war er in beide.

Weil die energetisch menschliche Qualität, die ich dort erlebe,
seit Tagen als Omega-dort bewußt erlebe; ist deutlich anderer
Qualität, als der Omega, der damals und wiederholt leibhaftig
vor mir stand;

den ich umarmte, den ich liebte (körperlich),
und der mich liebte (körperlich).

Noch dazu war dem Omega-dort Sexualität … .
Er war in unsrer Art jungfräulich.

Er hatte nicht mal ein Konzept, eine Idee dafür.

Ja, nein, vor mir stand meist der geeinte Omega, Omega in
seinem Ganzen; seine zwei "Charaktere" in einem Körper vereint.

Liebster
finde dich.
Und finde UNS.

Niedergeschrieben von
Alpha

Eine phantastische Erzählung (4)
Eine neue Welt

gewidmet
Ma und meinem Liebsten

Mein Schreiben hat
mein Leben eingeholt.

Die phantastische Erzählung
ist mehr und mehr
Alltag geworden,

mehr und mehr
GELEBTE
Realität.

Personen in nahezu griechisch-alphabetischer Reihenfolge :)

Alpha: ich
Omega: mein Liebster
Gamma: Freundin Gamma
Delta: Freundin Delta

Ma: seufz

*   Kuß

Vorwort

Mein Liebster war weg.
Ich machte mich auf die Suche und fand
eine neue Welt.

Ich bin dabei sie in "Besitz" zu nehmen;
sie tief in mir zu verankern, <u>mich</u> tief in ihr
zu verankern.

Sie zu meiner WAHREN "Realität" zu machen. :)

–

Mein Liebster

1. Kapitel

Der Tag war ruhig, keinerlei Auffälligkeiten,
egal welcher Couleur.

Ja ich bin platt, körperlich müde;
aber nicht seelisch.

Und, das was ich Unterleib spüre, erinnert mich vorallem
an einsetzende Regelblutung, also Wehen, Geburt;
weniger Schwangerschaft.
Wir werden sehen.

Ja, selbst DAS wäre ja …
sensationell.

–

schon länger seit letzte Blutung

Mein Körper scheint sich zu verändern …

O Ma

In Liebe von DIR empfangen

–

Ma,
wenn das deine Art sein sollte mich zu fragen,
ob ich dieses Kind, UNSREN Sohn,
dein Sohn, mein Sohn, Omega's Sohn,
wirklich wirklich wirklich will …

Wenn ich doch tatsächlich schwanger wäre,
dann muß ALLES ALLES ALLES
was sich ereignet hat,
wahr sein.

Ja nein, ICH habe kein Zweifel.

O Ma.

Dann war das ALLES nur der Auftakt zu der jetzt
beginnenden Reise.

O Ma,
ich freu mich so.

  –

Ich habe wieder geschrieben. Aber heute …

  Delta: pdf zu viel;
  sie hat keine Zeit zu lesen,
  sie hat Zeit zu hören.

Also suchen UND
Ich bin fündig geworden.

pdf-Reader mit Vorlesefunktion;
BEGEISTERUNGSWÜRDIG.

  –

Jedenfalls hat das Schreiben jetzt plötzlich eine
GANZ NEUE QUALITÄT. Weil wenn es tatsächlich;
dann könnten nicht nur die Menschen die Lesen,
sondern auch die die Hören.

–

Es ist fast so, als ob eure Welt die TECHNISCHE Produktion
"göttlicher" Energie KOMPLETT eingestellt hat.
Omega: Ja.

Müde
schlafen müssen
schlafen wollen

Gedanken runterfahren wollen

–

unser Söhnchen

–

Es kehrt wieder Alltag ein.

Die hohen Energien, die ganzen Unglaublichkeiten,
mein schlafen-wie-ein-Stein, mein Omega-einfach-greifen;
alles scheint weg.

Alles scheint wieder zu sein wie vorher.

Und doch fiel mir EIN gravierender Unterschied auf:
vorher hatte ich Angst ihn verlieren zu können,
daß er mich verlassen könnte.

Lach.
Nun, haben sich meine Chancen verbessert?
Hat mein 1. Buch … verbessert?

Und aber nein,
diese Frage stellt sich gar nicht.

Da stellt sich GAR KEINE Frage.

Wenn ich in diese Richtung taste,
ist da einfach … nichts.

Und aber wenn ich in Richtung Omega taste,

mir kommen gar keine Worte.
Am ehesten läßt es sich noch
mit Gefühlen umschreiben:
    freudig,
    warm, weich, kuschlig,
    … angekommen.

Ah, ja;
ich nehme quasi keinen Unterschied mehr wahr.

So wie in einer warmen Badewanne, wenn ich nicht mehr spüre,
wo höre ich auf, wo fängt Wasser an.

So irgendwie …

Ja, ich richte meinen Fokus;
und ja, ich komme bei ihm an;
aber es gibt keinen Übergang mehr.

    "Alles ist Eins. Alles ist Eins."

    –

Heute nacht super spät letztlich ins Bettchen.
Jetzt, 5 Stunden später von selber aufgewacht
und aber tatsächlich im Moment wach.

‒

Schwangerschaftstest.
Es ist weniger der Zweifel als vielmehr die "Furcht",
daß was ich im Moment "habe", der momentane Status quo,
zu verlieren/zu zerstören.

Es ist so schön, so … Ja.

‒

Ich würde mich am liebsten <u>sofort</u> wieder hinsetzen
und "weiter" schreiben bzw. den Text redigieren.

Und aber,
erst jetzt wird mir klar,
ich bin NICHT in der Lage den Text in Gänze zu erfassen
bzw. ihn in Kapitel zu unterteilen.

? Er ist so hoch,
daß ich ihn verstehe, wenn ich ihn höre;
er aber anschließend SOFORT
wieder verschwindet …

Jedenfalls fällt es mir schwer,
den Text als Ganzes … wahrzunehmen.

‒

Ich glaube,
ich bin jetzt wieder ganz und gar <u>hier</u> angekommen.

Omega -JA, dem <u>hiesigen</u> Omega, ja, ganz wirklich IHM-
eine SMS gesendet:

Zeit? Lust? Wahnsinn?
:*

Und während ich nach Hause, SMS schreibe, Pizzaria duftet;
bin ich rein und werde jetzt Pizza mitnehmen.

Einfach mal ICH
und Seele und Nichts. :)

Bevor ich DANN wieder weiter schreibe.

2. Kapitel

Durchgeschafft. Buch (2) ist fertig.

Es ist vollbracht.

Und ja, ich danke Gott,
daß ich ALLES ALLES ALLES ALLES
so akribisch mitgeschrieben habe.

Weil ich habe nahezu
GAR KEINE Erinnerungen mehr.

Der gesamte Speicher … gelöscht
bzw. mangels Hochenergie
kein Zugriff.

Ich lese, ich höre [mittels pdf-Reader],
und es ist fast wieder … neu für mich.

So gesehn bin ich SUPER gespannt auf Buch (3).
–

Nach 3 Stunden Schlaf wach gewesen.
Ich dachte, nur kurz wach,
weiterschlafen.

Und aber nein. Ich war … aufgewacht.
Körperlich etwas … matsch,
aber geistig: wach.

Draußen fett Regen.
Aufstehn, Morgenprogramm, 3.Buch.

MEIN SOHN. :)

–

Klein-Omega ist endgültig angekommen.

Seufz.

Grad eben,
plötzlich war Omega-dort da.

Wir schliefen so wunderbar miteinander.
Es ist so unglaublich zart, fein.
Er ist so unglaublich zart, fein.

Es ist ein nahezu nicht enden wollendes,
ein einziges KÖSTLICHES Eindringen.

Das Einatmen,
alles verengt sich;
strebt mit "Druck", Enge
nach außen, gegen ihn.

Aber das Ausatmen noch 1.000 mal köstlicher;
alles entspannt, weitet sich, öffnet sich ihm,
GIBT SICH IHM HIN.

Und ja; ganz letztendlich am Muttermund …
auch dort diesen unglaublich feinen Druck aufrecht erhalten.
Ihn quasi ebenfalls auffordern, sich hinzugeben.

Und doch war heute,
im Gegensatz zum letzten Mal,
von vornherein <u>nicht</u> vorgesehen (von ES/Ma),
einzudringen.

Und als dieser wunderschöne, feine Orgasmus abgeebt war;
die Gebärmutter "unberührt" geblieben ist, war es;
als wäre unser Sohn <u>jetzt</u> <u>dort</u> angekommen,
IN MEINER Gebärmutter.

Ja, nein, körperlich …
Aber jetzt ist diese Gewissheit gelandet;
in meiner Gebärmutter gelandet.
Wow.
–

Mein liebster Omega (Söhnchen).

O Liebster.
Omega-hier UND Omega-dort.
Es wird Zeit, daß ihr BEIDE
heim kommt.

Heimkommen,
zu euch findet; euch findet.

O Omega (alle Drei).
–

Alles ist zur Ruhe gekommen.
Was bleibt: so-ist-es.

So, ob all das,
was die letzten Tage, Wochen, Monate
… strebte; jetzt …

gefunden … angekommen (falsche Worte),
sich in ein neues Sein
entfaltet haben.

–

Etwas, JEMAND :)
jetzt seinen Anfang nahm.

Wow.

Auch <u>in</u> mir ist alles zur Ruhe gekommen.
Das Denken hat aufgehört. Boah; es ist wieder
die gleiche große, greifbare Ruhe, wie als Omega
von dort nach hier griff.

Nur daß sie dieses mal von
Klein-Omega kommt.

–

Die Reise hat begonnen.

Ma …
Ich komme grad in Ma's Ruhe an;
was noch viel …
   l a n g s a m e r
   G R Ö ß E R
Der Atem hört fast gänzlich auf.

Wow.
Wenn das mein Begleitzustand unserer Schwangerschaft wird …
Wow.

–

O ihr Liebsten (dort und hier)

–

Wow.
Ich verschränke die Hände, mit Ma;
die Daumen nebeneinander,
küsse die Daumen, das WIR.

Wow.
Ein WIR ist geboren.
Verschmolzen,
wahrhaft verschmolzen.

–

"Jetzt wird alles gut."

"jahrhunderte alte Prophezeiung"

–

Die Reise hat begonnen …
in der physischen Welt.

–

Es ist so unglaublich.

Während ich schreibe,
geht die Reise weiter und weiter.

Und immer wenn ich denke,
noch phantastischer kann es nicht werden ...

–

Zitat:

"doch nicht das Dunkle ist das Böse;
 böse wird es nur durch seine Ausgrenzung."

3. Kapitel

Rückblickend;
so ziemlich gleich mit Omega's Auftauchen, bin ich in Prozesse
und habe innerlich gereinigt was das Zeug hielt.

Ja, nein; nicht aus Wunsch und Begehren,
sondern aus Schmerz und Verzweiflung.

Es begann also ein massivstes inneres Reinigungsprogramm.

Dann, Meditation, gleichzeitig ein Stück weit
in Lichtnahrung.

Sein Verschwinden, weitere innere Reinigung;
RADTOUR. 1.000 km maximale Äußere Reinigung +
gleichzeitiger Beginn der Visionen.

Und dann … kam was dann kam.

Und dann, letztens;
Omega's ganz feines Eindringen in mein Heiligstes;
mein Muttermund umschließt seinen Penis.

Es ist, als ob DAMIT meine Weiblichkeit
MAXIMAL aktiviert würde.
Ja, schon länger keine Regelblutung.
Es ist, als ob ein Schnellprogramm gestartet wurde.

Es folgen vermeintliche "Regelkrämpfe",
Kontraktionen der Gebärmutter.
Die Vorbereitung für HEUTE.

Omega. MEIN Sohn. IHR Sohn.
Omega's Sohn.

Omega [Mein Mann]; wer bist du?

Ich habe dich noch immer nicht erkannt.
Aber ich kriege eine Ahnung von deiner
wahren Größe.

Fast so, als ob du an Ma's Seite
und Fleisch geworden bist.

Als ob du MA SELBST.
MA IN VERKÖRPERUNG.

Sind wir vielleicht doch
komplett allein.
Und spielen alle Rollen selbst?

–

Zu tiefst berührende Filmchen gesehen. Und ja,
ich war zwar Berührtheit gefolgt; hatte aber heute
und alles einfach mal zeitweise vergessen.

Und dann, als ich wieder …
ja, da gibt es nur noch … GEWISSHEIT.
Sie ist genauso "dick", nahezu physisch, greifbar,
wie meine Gewissheit in Hochzeitsnacht.

–

Mhh, als hätte ich heute frei.
Kein Schreiben mehr sondern z.B.
rausgehn können, "Freizeit".

–

Heute Mittag matsch auf der Couch geschlafen;
vorher noch pdf in mp3 konvertiert und per Kopfhörer gehört.

Immer wieder unglaublich.

4. Kapitel

Tabu.
Eine Erfahrung, die man nicht spricht, ja nicht mal denkt.
Nicht nur, daß der Einzelne nichth; nein, die Kultur/Gesellschaft
erachtet DIESES als ABSOLUTES Tabu, also etwas das
niemals niemals niemals passieren dürfte.

Und damit es nicht passiert, gibt es dafür quasi
keine Worte, keine Gedanken. Mehr noch, dort, an dieser
"Leerstelle" ist quasi "Anti-Energie" eingefügt.

Und aber, diese Anti siehst du nicht etwa:
z.B. Fliegenpilz = rot = Achtung.

Sondern diese Anti ist durchsichtig,
scheint von Außen, als ob dort "nichts" wäre;
so daß du den dahinterstehenden Baum, Haus etc. sehen kannst.

Und insofern,
es gibt da dieses Etwas, was dem Einzelnen passierte;
und darüber wurde nicht der "Mantel des Schweigens",
sondern ein "Tabu-Teppich" gebreitet.

Das heißt Alles Alles Alles, was passierte ist verborgen
unter diesem Teppich aus Anti; weder als Anti sichtbar,
noch überhaupt irgendwie denkbar.

—

Autsch.
Ich war ja auf Tabu und Energie gestoßen, weil unsere
    Spielwelten
deren Grenzen damit "geschützt" werden.

Und gerade fällt mir auf/erinnere ich mich:

Narnia, die Chronik von Narnia;
dort müssen sie …
? durch einen Bereich des (?)Vergessens ?

Jedenfalls kann man diesen Bereich nur durchqueren,
indem man in absolutem Tiefschlaf auf dem Rücken von
?Schlafschafen diesen Bereich durchquert.

Der den Schafen deshalb nichts anhaben kann,
weil diese Schafe nichts denken; weil diese Schafe
keinen einzigen Gedanken haben.

Und ja, dort wird genau diese Grenzzone unserer Spielwelten
mehr oder weniger korrekt beschrieben.

—

Omega :) mein Söhnchen.

—

Tabu;
eigentlich war es anfangs nicht mehr als
der "Wassergraben" im Tierpark, der auf "natürliche" Art
das Tier in seinem Freiraum begrenzen sollte.

So gesehen waren Tabus "natürliche" Raumteiler
zwischen den einzelnen Spielwelten.

Erst als die Menschen begannen,
sie für ihre eigenen, egoistischen Zwecke punktuell zu nutzen,
wurden sie "etwas" "schlechtes/böses".

Nicht das Tabu als solches ist schlecht oder böse.
Erst die Absicht, aus der heraus es benutzt wird;
wofür es genutzt wird; erst das verknüpft das Tabu
mit schlecht/böse.

–

JEDE Energie hat eine Absicht.
sowohl bedingungslose Liebe:

    sie schenkt sich dem Geliebten,
    schenkt ihm mehr Energie,
    damit er sich und seins
    (noch mehr) entfalten kann.

    Ja, DAS ist die Absicht.

als auch absichtsfreies Sein:

    es hat die Absicht,
    dir jegliche Absicht -in diesem Augenblick-
    auszuradieren.

    es hat die Absicht,
    dich für den Augenblick
    frei von jeglicher Absicht zu machen.

Jede Energie trägt in sich eine bestimmte
    "Funktionalität".

Ihr innerster Kern, ihr innerstes Sein ist,
    ein bestimmtes "Resultat"
    erzeugen zu wollen.

Jede Energie ist Träger einer Absicht,
will dich "bewegen", will dir Antrieb sein.

Bei Liebe und Sein ist es nur nicht ganz so offensichtlich.

Aber Liebe hat eine Absicht:
   sie will dich bewegen,
   dich zu entfalten.

     Ja, nein; sie fordert das nicht ein.
     Sie überreicht es dir als
        bedingungsloses Geschenk.

     Du kannst tatsächlich tun und lassen damit,
     was du willst.

     Aber sie hofft, sie wünscht,
     es würde ihr Erfüllung bringen,
     wenn …

     Sie möchte dir Antrieb sein.

Und Sein hat die Absicht:
   dich -solange es ist-
   frei von Absicht sein zu lassen.

     Es will dich "bewegen",
     dich einmal nicht bewegen wollen zu müssen.

     Es will dir Antrieb sein, mal nicht
        getrieben zu sein,
        getrieben sein zu müssen.

Nur im reinen reinen Nichts,
in diesem wahrhaftigen Nichts

  ist nichts

weder eine Absicht, noch eine Nicht-Absicht

  einfach …

da ist nicht mal mehr ein Raum.

  "DORT" hat alles "aufgehört".

seufz

5. Kapitel

Ja, ich denke wieder GROß.
Und doch, ich fühle auch.

Jetzt -im Moment-
bin ich wahrhaftig/authentisch GROß.

Damals war ich nicht echt, nicht natürlich.

Nicht, weil es gegen mein innerstes Sein verstieß;
sondern weil es ein

    unnatürlicher
    reiner, steriler Zustand war.
    Ich in Essence gebadet war.

Jetzt liegt keinerlei Reinheit vor.
Ich trage gleichzeitig ALLE -ah, ja-
Energien in mir.
Ja, natürlich/na klar,
in unterschiedlich großen Anteilen.

Doch damals wurde ich in reines SEIN getaucht,
damit JEGLICHE Absicht,
damit ALLES ALLES ALLES,
was nicht reines Sein wäre
ausgelöscht würde.

Um mir dann diese Gedanken durchzugeben.

Ich sollte also auf MAXIMALEN Empfang
eingestellt werden;
der nicht durch IRGENDWAS
abgelenkt werden söllte.

Ah, ja;
und jetzt denke ich aber tatsächlich
die Gedanken.

Ah, ja;
Ich selber befinde mich in Ma's
hoch-energetischem Feld,
das ALLE Energien beinhaltet.

Und es obliegt mir
zu tun oder zu lassen;
zu denken oder nicht,
zu handeln oder nicht.

lach,
die Absicht

HAB SPAß

So gesehen ist DAS
wohl die "absichtsfreieste" Absicht, die möglich ist,
weil sie mir keine spezifischere "Richtung"
aufdrückt.

Liebe möchte spezifisch
    meine Seele entfalten, entfaltet sehen.

Sein will mich spezifisch
    von Absichten entkoppeln.

HAB Spaß ist sozusagen Meta:

    egal welches Spiel du spielen willst,
    nieder-energetisch, hoch-energetisch:
        HAB SPAß

    egal ob du konkret spielen oder ausruhen willst:
        HAB SPAß

wow.

Ma will mich nicht spezifisch in eine Richtung bewegen.

Da ich in der Spielwelt bin,
    mich also für die Spielwelten (vs. Nichts)
    entschieden habe

soll ich einfach … SPAß HABEN.

Ich habe gerade arg mit mir gerungen
    ob GENIEßEN.
    Und aber nein, genießen ist
        FREI von WIDERSTÄNDEN,

Was schon wieder EINSCHRÄNKEND ist,
    weil es ausklammert: Widerstände zu haben.

HAB SPAß scheint insofern auch einzuschränken,
nämlich ausklammern,
daß es

Was genau meinen Eltern,
wenn sie ihrem Kind zum Abschied sagen

Hab Spaß.
Have a nice day.

Wir erwarten nicht,

daß es sich nicht weh tut,
sich nicht die Knie aufschlägt,
nicht weint/Tränen vergießt.

Nicht, daß wir das wollen, erwarten.

Aber wir finden nicht schlimm,
nicht dramatisch;
wir halten für "normal" daß

Ah, ja;
was wir uns für unser Kind wünschen ist,
daß es rausgeht, all diese Erfahrungen macht;
und abends nach Hause kommt

ah, ja; vielleicht am ehesten hoffen:
körperlich müde, ausgetobt, abge ...
seelisch in entspannter, lichter Entspanntheit;

daß es den Tag genossen hat,
der Tag aber schon beginnt zu verblassen,
weil letztlich nichts von alle dem
wirklich wirklich wirklich wichtig war.

daß unser Kind ausgetobt und müde genießt,
von uns ins Bett gebracht zu werden
und erfüllt einschlafen zu können.

HAB SPAß

wir hoffen, daß unser Kind
mit einer bestimmten Qualität an Energie wieder heimkehrt

ja, vielleicht

Innere Zufriedenheit

Es kommt nicht auf die einzelne Aktion
nicht mal auf die Gesamtheit …

Ah, ja;
es kommt nicht auf die konkreten Aktionen an;
sondern einzig auf das Gefühl, das dieser Tag in meinem Kind
hinterläßt

HAB SPAß

Ich hoffe und wünsche dir,
daß bei allen Hochs und Tiefs des Tages,
du abends in einer gewissen
freudigen Ausgeglichenheit
nach Hause kommen wirst.

Daß all das Schlimme und das Freudige
ganz zum Schluß ausgelebt wurde,
mehr oder weniger rund wurde.

Und du am Ende eines Tages
erfüllt aber ruhig
zu Bett gehen kannst;

nicht das Gefühl,
etwas verpaßt zu haben

Ah, ja
sondern mit dir im reinen.

Ja, das in etwa schwingt mit in Ma's
Energiefeld und der Absicht

HAB SPAß.

6. Kapitel

Die Energie des Tabu

Man läuft hinein, ohne sich dessen
gewahr zu sein; da es,
die Energie, als-nicht-sichtbar
getarnt ist.

man läuft hinein, ohne zu wissen;
und spürt einfach nur eine
Gefahr; etwas, dem man besser
fern bleiben sollte.
man wird also manipuliert.

nur wer sehr bewußt ist,
wird den Übergang in dieses
Energiefeld wahrnehmen
und erkennen,
daß seine Gefühle gerade
aufgrund des Äußeren Feldes
sind.

Das Tabu selber
dient einzig als Grenz"zaun", Grenz"barriere".

Das Tabu selber
beinhaltet keinerlei Gefahr,
sowenig wie ein Zaun oder Wassergraben.

Das Tabu soll uns entweder
dort behalten, wo wir sind (Zoo),
oder von etwas fern halten (Sperrgebiet).

Soweit die reine/ursprüngliche Tabu-Energie.

Diese kann dann noch,
um die Effektivität zu erhöhen,
angereichert sein mit

    - Energie des Vergessens oder
    - Energie der Verwirrung.

Die Energie des Tabus kommt
    "in der Natur/göttlichen Ordnung/Spielwelten"

    soweit ich das wahrnehme,
    nur zur Abgrenzung der Welten
    gegeneinander/voneinander
    vor.

    Sie soll einfach nur die Bewohner
    in ihrer Welt halten (Wassergraben, Zoo)

Alle anderen Vorkommen sind
    "künstlich", "mensch/wesen-gemacht".
    –

So,
ich merke, wie ich mich EIGENTLICH davor drücke,
das 3. Buch zu beginnen.

Und aber;
die bisherigen Filme haben ihren Reiz verloren.
Und neue Filme -die mich reizen-
sind mir noch nicht untergekommen.

Also gut.

—

Im Menschlichen sagen wir:

DAS ist ein Tabu.

Aber eigentlich haben wir über **DAS**
die Energie des Tabus gebreitet.

Das heißt nicht nur DAS wird verborgen,
sondern es wird sogar verborgen,
das es DAS und TABU (2 "Dinge") sind.

7. Kapitel

lach.
Von 3 Tagen frei, ist eigentlich nur noch der 3. Tag übrig.
Und ich habe noch nicht meinen 2.-Tag-Schlaf angetreten.

Keine Ahnung,
ich habe den Tag damit verbracht, Buch (2) gemäß Vorlesen
noch den letzten Schliff zu geben.

Autsch, nochmal auf machen
und … überprüfen.

Ja, jedenfalls noch und noch und noch
Buch (2) gehört (und verbessert).

Zur Abwechslung, zum Abschluß
Buch (1) einmal gehört.

Will ich morgen korrigieren.

Nächste Woche wieder hinsetzen,
Buch (3) in Computer klopfen.

–

Bis eben hatte mich der Film "Passengers" beglückt.
Aber … finisch.

Statt dessen
dieses unglaubliche Lied "one day"
[von Matthew Paul Miller/Matisyahu]

Muslime und Juden,
die gemeinsam
so unglaublich singen.

Englisch, z.T. Arabisch, z.T. Hebräisch
und dann 3-sprachig.

So zutiefst berührend.

–

"Essence läßt nur Essence über."

–

Mit fett "one day" im Ohr
noch große Teile von Buch (1) soweit
les-technisch überarbeitet.

aber jetzt bin ich nur noch müde,
vorallem die Augen.

–

Bin vor ca. 10 Minuten aufgewacht.
und seit dem läuft "one day" in meinem Kopf
-was ich sehr schön finde- .

Und ja, mit der Musik auf den Ohren werde ich wohl
Buch (3) abschreiben. :)

–

wieder eingeschlafen.
Wecker. Musik in meinem Kopf.
Die mich auch SOFORT wieder verhältnismäßig
WACH sein läßt.

–

Ah, ja; körperlich <u>ziemlich</u> platt,
aber grad ein klitzekleines Räkeln. :)

–

"Wachse mein Rübchen wachse."
"Wachse mein Söhnchen wachse."

Ich will quasi Gras zugucken beim Wachsen …

–

Buch (1) den letzten Feinschliff gegeben,
so daß es nahezu als Hörbuch (Stimme Hedda)
funktioniert.

Jedenfalls kann ich jetzt hauptsächlich
der Erzählung als solches zuhören
und ja, mindestens 2 Gedanken

    1.   unglaublich, das was da beschrieben wird
    2.   unglaublich, daß <u>mir</u> das passiert sein soll/ist

ah, ja

    3.   unglaublich, weil ich mich, egal wie oft ich es
        lese oder höre; <u>immer</u> <u>wieder</u> auf's neue
        erinnern muß, erinnert werde.

Essen machen, Couch, Hörbuch. :)

Und ja,
all diese hoch-energetischen Sachen,
sie sind hier im nieder-energetischen
kaum greifbar, erst recht nicht haltbar;
also festhalten wollen um
    später zu erinnern.

Ja, ohne Tagebuchaufzeichnungen
    wäre all das ... weg.

Und ja, ich bin bereit,
    das Alles zu Veröffentlichen.

1. es ist eh UNGLAUBLICH,
    wer würde glauben, glauben daß das wahr wäre
2. scheint es bedeutsam für andere
    (: Die die bereit wären zu glauben :)

    –

Omega-dort war grad hier ... ist noch hier,
trotz daß wir uns nicht mehr anfassen, Körperkontakt haben;
merke ich, daß er noch da ist, mir zuschaut. :)

Ja, ich hatte die ganze Woche mich stets noch hingesetzt,
Buch (2) in den Rechner getippt.

Und auch jetzt, die freien Tage habe ich
mit Buch (1) und (2) verbracht.

Und ja, da die damaligen spektakulären Ereignisse
nicht mehr waren ... Quasi Alltag, in gewisser Hinsicht

Ich habe dich vermißt
und ich habe dich vergessen.

Während ich schrieb, küßte er mich.
Ich wand mich ihm zu, wir liebkosen uns;
meine Seele ist zu tiefst erfüllt, ich weine.
Weil ja, erst jetzt wo ich ihn wieder spüre
wird mir klar

Ich habe dich vermißt

und aber gleichzeitig ... Alltag; nieder-energetisch, eher grob.
Keine Oasen uns zu treffen, uns zu spüren. Selbstverschuldet

Ich habe dich "vergessen"

Vergessen über das Alltägliche.

Vorhin, das 1. Buch ist ganz und gar fertig.
Und ich hoffe, das 2. Buch bzgl. Redigieren
jetzt letztmalig zu hören.

Ich hörte also Buch, war wirklich "nur noch" hören,
nichts mehr schreiben.

Ich griff Hand in Hand,
und Energie vibrierte rein.

Ich dachte an eine Energieblume,
die immer voller (größer, umfänglicher) wurde.
So ein bißchen wie eine Pfingstrose, so rund
und voller Blütenblätter.

Diese Energieblume, sie war in allen Lichtfarben.
Naja, eigentlich war es Ma's allumfassende Energie,
sichtbar gemacht in dieser wunderschönen Energieblume.

Ah, ja; es war, als ob von Innen
immer mehr Energie an die Oberfläche quoll;
weshalb sie immer größer wurde und weshalb die Oberfläche
auch ständig neue "Blütenblätter" hervorbrachte.

Ja, diese Energieblume, Ma's Energieblume quoll hier in mein
Wohnzimmer, während wir uns an der Hand hielten.

Sonst war Energie (Übertragung) eher ein fließen,
also eine gewisse Richtung, ein gewisser "Fluß".

Und jetzt war es die Energieblume, die einfach immer weiter
quoll. Und alle alle alle Energie enthielt. Ebend Ma.

Und da war auch einfach nur die Leichte, Freude, Verspieltheit,
einfach reine Lebensfreude,

    HAB SPAß

8. Kapitel

Omega sitzt neben mir und hat seine Hand
auf unserem Söhnchen.

Er <u>würde</u> mich ja an der Hand fassen,
aber dann könnte ich nicht schreiben.

Ja, er hat inzwischen …
wir haben inzwischen diese

    Freude am Leben;
    die Freude am Leben selbst,
    dieses
            "spielen" (ist das falsche
                    zu nieder-energetische Wort)
             lebendig sein

    Lebendig sein in seinem ureigensten Innersten Sein

Da ist Omega, da ist Klein-Omega

    Wir sind, in unserem Innersten Innersten Sein.
    Wir, in Ma's Gegenwart
        in unmittelbarer Gegenwart von Nichts.

    Ja, es scheint sie beide …
    so irgendwie … beide SIND
    und doch kann immer nur Eins.

    Und aber doch, stehe ich dort (Ma)
    am Übergang von Nichts zu Alles
        von das Wahre zu Spielwelt.

Lebendig; was ist die "Essenz", das Wesen,
das Innerste Sein von Leben

Umschreibende Qualitäten:
sonnig, warm, kuschlig
verspielt,
Leichtigkeit, Staunen, Neugier

Im Prinzip all das was ein Kindchen ausstrahlt,
was ein Kindchen ist, daß noch ganz es selbst sein kann,
und staunend und offen und neugierig und voller Vertrauen
jedes Steinchen und jedes Käferchen und jedes Blümchen
entdeckt.

Dieses Kindchen strahlt aus,
was Ma **IST**

Ich weine vor lauter Berührtheit.
Ja, Ma tritt in jedem neuen Kindchen in ihrem wahren Sein
in die Welt. Und tragen wir alle unsere Schatten ab, erstrahlen
auch wir wieder in dieser reinen ursprünglichen "Essenz",
in unsrem wahren Wesen:

Reine Lebendigkeit.

Ich weiß nicht, Lebendigkeit ist was anderes als Seele.

Seele ist das ETWAS in UNSERER Spielwelt.
Ma ist die Lebendigkeit, der "Tag"

Und das Nichts …

es ist, als ob wir aus einer "Höhle" krauchen

und eine "Haut" aus Lebendigkeit überstreifen

und in einen strahlenden Tag voller Möglichkeiten treten
und dann eine
GROßE Unendlichkeit spielen,

bis der Tag zu Ende geht, wir heimkehren,
unser Kleid aus Lebendigkeit ausziehen

und wieder in unsere Höhle Nichts krauchen
wir wieder NICHTS "SIND"

Unendliche Nacht, unendlicher Schlaf.

Bis wir am nächsten Tag von neuem

Witzig [Buch (1), 2. Kapitel]

Omega und ich, wir greifen direkt von einem Raum
in den anderen. Das Bild, was ich von unseren Händen habe
ist, wie z.B. (?)Inkubator(?), geschützter Raum, man greift
in diese Handschuhe in den anderen Raum.

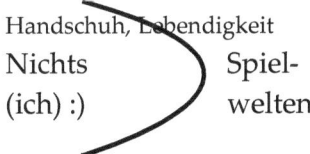

Handschuh, Lebendigkeit
Nichts   Spiel-
(ich) :)   welten

So langsam kriege ich eine Ahnung, warum ich mir ständig
"one day" vorallem auch unbedingt als Video reinziehe

Es ist, als ob sich Ma durch jeden Einzelnen
einen Weg bricht.

Und in dieser Lebendigkeit WAR Omega hier.
Ja, er ist wieder weg.

Ja, ich habe den lebendigen
    sprudelnden Wunsch

weiter zu schreiben, um andere zu
    erinnern :)

9. Kapitel

Hammer. Ich habe grad noch die ca. 2. Hälfte von Buch (2)
unter dem Eindruck der neuesten Offenbarungen/Erkenntnisse
gehört.

Hammer. Diese Infos innerhalb des völlig neuen Kontextes.
UNGLAUBLICH

_

seufz
noch einen "netten", recht feinen Film geschaut.
der mich so einwenig OM

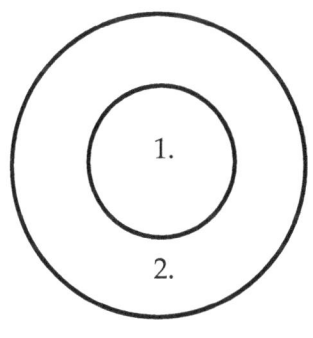

1. unser wahres "Sein"/Wesen ist
NICHTS

2. das hüllen wir in eine Haut
Lebendigkeit

3. um dann hinaus in Ma's
Spielwelten zu gehen

es ist SO erstaunlich,

ja, ich erinner mich wieder
an meine wahre Natur, mein wahres "Sein";
auch wenn ich es im Moment noch nicht in Worte
fassen kann.

Ja, es gibt wahrhaftig
KEINEN TOD

selbst das Auslöschen der Seelen in Omega's Welt

bedeutet nicht mehr als,
daß man vorzeitig seinen Tag beendet.

Und trotzdem kann man am nächsten Tag
<u>wieder</u> spielen.

Daß ein "Tag" eine kleine Unendlichkeit dauert
ist ohne Bedeutung.

Wow,
sich seines wahren Seins
bewußt zu sein.

Und ich dacht Ma.
Schon diese Ur-Erinnerung an sie
war schon so wow.

Und Omega vorhin,
in ihrer/seiner Ur-Energie
Wow

Und aber jetzt zu fühlen,
Wer/was ich im aller tiefsten,
im aller innersten wahrhaft bin

WOW

[Film] Froozen:
    Ich bin frei, endlich frei
    und ich fühl mich wie neu geboren

Ja, mit dem INNEREN WISSEN
    mit dieser
      INNEREN GEWISSHEIT
    kann ich tatsächlich in Ma's
    Lebendigkeit erstrahlen.

Wir alle sind
    NICHTS gehüllt in Lebendigkeit

    und dann ziehn wir los zu spielen:
    Räuber und Gendarm
    Prinzessin, Meerjungfrau, Vater-Mutter-Kind
    Dinosaurier

Dieses Nichts ist so unglaublich
    "satt"

lach,
    eben reine Vollkommenheit
    wow

autsch,
ich … glaube,
es gibt eine … gewisse … Vergleichbarkeit
    diese Floating-Tanks (???)

    wo du dich quasi von "Alles" entkoppelst
    und nur noch in "Nichts" schwebst

Ja, doch;
ich glaube, das ist die größtmögliche Annährung
an unser wahres "Ich" -lach-.

seufz
so schön
so schön mich ganz und gar "ICH" zu fühlen,
mich in meinem innersten sein zu fühlen

seufz

–

Ich sitze Bettfein im Bett,
neben mir mp3 in Dauerschleife "one day".

Und ich hätte heute nachmittag
    KEINESFALLS
für möglich gehalten,

daß ich am Ende 3-Tage-frei
so zu tiefst erfüllt hier sitzen würde.

Und daß für mich diese gesamten 3 Tage
plötzlich so ganz und gar rund
sein würden.

Lach:

ICH DACHTE,
ich würde am 3. Buch schreiben.
Und aber, ich habe mich regelrecht drumrum gebrunst;
kam so überhaupt und gar nicht in die Pötte.

Und doch ist jetzt ALLES
ganz und gar stimmig.

Ich befürchtete ja insgeheim,
daß ich bereits am 5. Buch schriebe …

Ma: grins

Haleluja,
morgen erst mal wieder
   ALLTAG :)

Wer hätte gedacht, daß ich Alltag
mal
      DERART begrüßen würde …

O Ma, ja, das Leben IST schön.
      _

Ich will grad mal wieder kein Feierabend machen.
Das hier alles nicht beenden wollen …

10. Kapitel

super zeitig wach gewesen

"Vollkommenheit"

in einem Feld reiner Vollkommenheit

?söllte ich schreiben?
Weiterschlafen, weiterschlafen wollen

Und dann, die Gedanken schweifen ...
Musik im Kopf, "one day"
... so und jetzt weiß ich gar nicht mehr,
was eigentlich alles, nur noch:

am Ende war ich <u>wieder</u>
Vollkommenheit

ich setzte mich auf,
begann zu schreiben.

–

Im Feld "Vollkommenheit" sein

ach, herrje;
JEMAND :)
hat mir das schon seit Jahren
immer wieder geschickt,

so daß ich die jeweiligen Energien
in ihrem reinen Sein
erfühlen, erspüren konnte

Vollkommenheit:
den Innersten Kern,
das, was es wirklich ist,
frei von allem, was es NICHT ist.

Ja, selbst als ich Tabu nachspürte,
auch da schickte mir JEMAND :)
dieses Feld Vollkommenheit.

Als ich im Raum reinen Seins war,
hatte es ja ALLES, was NICHT reines Sein war,
einfach weg

wobei -zugegeben- dieses Feld fast schon
aggressiv war.
Da es reine Essence war;
ich denke grad Essig-Essence,
eigentlich nichts, wo man FREIWILLIG
seine Hand eintaucht.

Wogegen das Feld Vollkommenheit
natürlich ist,
es hat Leichtigkeit.

ah, ja;
es ZWINGT mich nicht,
sondern es UNTERhSTÜTZT mich

lach, ich bin immer noch ich,
in dem was ich bin,
in dem was ich tue.

Und söllte ich aber
"den Dingen auf den Grund" gehen wollen,
kann ich das innerhalb des Feldes
deutlich leichter.

Wow,
meine Absicht (in dieser Richtung)
wird verstärkt.

"Geh 1 Schritt auf Gott zu,
   er kommt dir den Rest entgegen."

Wow,
seit Jahren forsche ich,
seit Jahren schickt Ma :)
dieses Feld,

Weil ein groß Teil dessen, was ich tat, war;
nachzuspüren was das reine, das Innerste
der jeweiligen Energie war/ist.

Und ich wiederum
hatte seit Jahren
meine Gabe darin gesehen
Verstärker zu sein.

Was immer der Mensch an wahrer Leidenschaft,
das was ihn im wahren Innersten antrieb, hatte,
ich verstärkte es, wodurch es deutlicher,
bewußter zu Tage trat

deutlicher zu Tage trat,
dem Mensch bewußt werden konnte.

Ich sagte von mir:
ich gebe dir Klarheit.

Und ja; von Außen betrachtet,
scheint es Klarheit;

aber nein; es ist: Vollkommenheit

Lach; Klarheit vs. Vollkommenheit

Die Energie von Klarheit
ist hart, kalt
und von Außen

lach; eine VERSTANDESqualität
    von Außen draufschauen

Die Energie von Vollkommenheit
ist weich, warm
und von Innen

eine HERZqualität
    von Innen erfühlen

    langsam, zart entblättern,
    wahrnehmen, was alles nicht
    zum wahren Sein dieses Etwas
    gehört.

kalt, analytisch	warm, lebendig

autsch; weg "schneiden", zerlegen, letztlich ... töten (falsches Wort)	diesen lebendigen Kern lebendig erhalten

mit Skalpell	mit Sanftheit, Vorsicht

Primär:
   Erkennen,
   Verstehen
	Primär:
	   das Leben
	   erhalten

Sekundär:
   "sauber",
   "akurat"
	Sekundär:
	   das Innerste freilegen,
	   freilegen wollen

gleißend heller OP-Strahler, Edelstahltisch, Skalpell	aber nur, wenn ich dabei UNUMSTÖßLICH das Leben erhalten kann

ah, ja; es geht nicht um **töten** sondern "das Leben erhalten wollen" hat hierbei KEINERLEI Bedeutung; dieser Gedanke existiert nicht in dieser Energie	

	ah, ja; das Leben ist heilig; kann das Leben in seinem wahren Sein nicht erhalten werden, erhalten bleiben taugt die jeweilige Methode/Möglichkeit nicht
Das Leben hat hierbei nur die Bedeutung, daß es "erforscht" werden soll doch dabei steht einzig die Erkenntnis, das Verstehen im Vordergrund wenn dabei das zu Erforschende, das Leben zerstört würde, wird das als "Begleitumstand" als so-ist-es hingenommen	

Ja, klingt schon, irgendwie
ziemlich heftig.

–

Da kann man nur hoffen, selbst NICHT
Gegenstand der "Forschung" zu werden.

Unglaublich,
doch schon wieder 1 Stunde.

Bettchen :)
Weiterschlafen.

11. Kapitel

Jesus ist der Sohn Gottes
    Gott unserer Spielwelt.
Klein-Omega ist der Sohn "Gottes", Ma
    Ma's Sohn

    –

Walsh, Gespräche mit Gott
    Gott unserer Spielebene
Eine phantastische Erzählung
    Ma

    –

So wach, wie ich vorhin war,
so müde bin ich jetzt.

Das mit den hohen Energien wird wohl noch eine Weile
weitergehen.
Ma: grins

    –

Vorhin, Gedanken schweifen

Ich sah mich ob meiner Schwangerschaft mit … sprechen

    "Wenn du wüßtest … "

Das, was für mich das eigentliche;
meine Schwangerschaft, daß sie jetzt ganz und gar in mir
angekommen ist, auch in jedem Teil meines Bewußtseins.

    –

Ich, kotz …
Grad so unglaublich nieder-energetisches Zeug reingezogen.

Omega (Söhnchen) meldete sich fast gleich.
Und obwohl ich ihn verstand, zog ich mir weiter dieses …
rein.

Jedenfalls habe ich beschlossen;
endgültig dieses … aus meinem Leben

    –

Klein-Omega
Ich hatte mich ja gewundert;
und es scheint außergewöhnlich,
daß eine Seele mitten im Tag geboren wird.

Und aber;
ich guck mir den Wahnsinn in unserer Welt an;
ich guck mir den Wahnsinn in Omega's Welt an

Und dann kommt eine Seele

SO RICHTIG AUSGESCHLAFEN

und inkarniert aber nicht in eine der Spielwelten,
sondern einzig in Ma's Welt

    Welch unglaubliche Strahlkraft
    muß diese Seele verkörpern.

Mein Söhnchen,
ja, in der physischen Welt mag ich deine "Mutter" sein
und doch bist du es, von dem ich lernen werde.

–

seufz,
heute nacht dann noch Musik ins Ohr,
erst "one day", wollte EIGENTLICH Dauerschleife
und dann kam ganz zart, ganz fein "one voice" [Airforce Chor].

Und ich hatte Omega an der Hand.
Und wurde plötzlich so <u>fein</u> ruhig.

Punktuell tauchte ich bei jedem neuen Lied
noch mal kurz an die Oberfläche.

Beim nächsten Mal "one day" schaltete ich aus,
schlief ganz fein endgültig ein,

seufz

12. Kapitel

Passengers.
Man kann den Film von AUßEN ansehen,
oder man geht <u>rein</u> in den Film

Schaut man von Außen, ist die Realität
die des Zuhörers/Zusehers, dem eine Geschichte erzählt wird.
Man ist nicht <u>IN</u> der Geschichte.

Geht man <u>IN</u> die Geschichte,
wäre man Sie, wäre man Er, würde bei all dem Auf und Ab,
bei all den Gefühlen trotzdem letztlich nur das Wahre
übrig bleiben, "das was wirklich zählt"

das, was in der letzten Sequenz gesagt wird

Sie spricht das Wahre
Sie, die Sequenz;
Sie, die Frau.

Ah, ja;
bis zur vorletzten Sequenz wurde uns eine Geschichte erzählt
und dann, Perspektivwechsel; nicht mehr von Außen, von Innen

   Und wir lebten unser Leben,
   ein wundervolles Leben,
   gemeinsam.

Ah, ja;
<u>Innerhalb</u> des Films gibt es 2 Stunden Erzählung von Außen,
um in der letzten Szene nach <u>Innen</u> zu wechseln.

Und aber,
ist man IN dem Film,
folgt man dem heißen Atem des Erzählers.

Ist man draußen geblieben,
hat man "nur" ganz und gar von Außen geschaut.

Ah, ja;
man schaut mit dem Verstand,
der nur Konzepte von Gefühlen hat,
Gefühle denkt.

IN schaut man mit dem Herzen,
fühlt Gefühle.

–

Wow

Ma danke
1.   für das Wahrnehmen dieser mehreren Realitäten
2.   daß du mir all diese Realitäten schenkst

13. Kapitel

lach
Mit schreiben -falsch-,
ich schaltete Musik ein, begann zu schreiben.
Jetzt bin ich fertig und "one day" läuft wieder.
Aufstehn :)

_

seufz

    Guten Morgen Liebster.
    Vielleicht ist all das Wahnsinn.
    Vielleicht bin ICH wahnsinnig.
    Und doch hast du jedes mal gestrahlt,
    warst ganz und gar DU SELBST,
    seufz :)

seufz

_

Heute ist ein wunderschöner Tag.
Bin unterwegs.

Und doch, es ist merkwürdig.
Ich bin … schwindlich/schwebend im Kopf.
Und trotz, daß ich vorhin genügend aß,
bin ich massivst wie im Unterzucker.

Und ich bin müde. Körperlich unendlich müde.

Ich bin körperlich SO müde.
Ich denke fast, ich werde zu Hause
tatsächlich einfach nur ins Bett gehn
[mitten am Tag].

–

Bettchen :)

Die Radtour,
nahezu 1.000 km Jetzt

–

Nach ca. 4 Stunden wieder wach und aufgestanden.
Hübschen Film geschaut

Internet

Und, ach ja, heute hatte ich eigentlich schreibfrei;
bis eben.

Jetzt [mitten in der Nacht], noch immer nicht wieder müde,
und aber alles alles alles erledigt;
jetzt nun doch schreiben.
Also gut.

Und aber ja, jetzt bin ich auch wieder so weit.

–

Also gut, richtig;
Käffchen und Frühstück :)

–

Furchtbar:
Ich habe ein neues "Spielzeug".

Schreiben,
Vorlesen lassen wollen,
von Text in mp3 konvertieren lassen wollen.

GRUNDSÄTZLICH kann ich jetzt

Und aber
zuerst müßte ich … Programm etwas besser verstehen …

Es scheint mir -JA-
sinnvoller,
1.   meine Schreibdatei zu schreiben und DANN
2.   mich um mögliche mp3 zu kümmern

SO SEI ES.

O Ma *

     _

Also das mit den Schlafenszeiten klappt nicht so wirklich.

Ich weiß gar nicht,
ob ich heute nacht/morgen
dann schon geschlafen hatte …
jedenfalls hatte ich noch ein reizendes
Zusammentreffen mit Omega.

Ja, nein, mit ganz ganz zart war dieses mal nichts.
Dazu war ich zu grob, nicht fein genug eingestimmt.

Insofern … rein, raus. Und dann …
die Luft schien sich anzuhalten. Und aber nein, eigentlich
wurde noch immer winzige Mengen immer weiter eingeatmet
und es wurde immer enger; aber eben dieses ein-atem-enger.
Und so wie das scheinbare Platzen näher rückte,
rückte der Orgasmus näher bis …

–

Erstmals stelle ich mir die Frage …
mhh, bis ich die <u>Frage</u> aufgeschrieben habe,
ist sie gänzlich verschwunden in meinem Kopf.

Ja, eben war ich unbewußt, die Gedanken fließen;
und ja, leicht; mir etwas zu induzieren.

Und in dem Moment, wo ich bewußt werde, aufschreiben will
ist es, als ob Ma wieder klar übernimmt.

Und selbst der klitzekleinste Hauch eines Zweifels,
eines "negativen" Gedanken bzgl. Omega-hier:
AUSRADIERT.

–

Gestern abend einschlafen, Omega lag hinter mir,
an meinen Rücken gekuschelt, hielt meine Hand.

14. Kapitel

Genüsslich müde sein;
dem folgen, was grad <u>ist</u>

Genüsslich: mich in meiner Haut
ganz und gar wohl fühlen

müde sein: ist wertfrei (ohne Bewertung)
einfach nur das: müde sein

Erst in dem Moment, wo ich <u>nicht</u> ausleben kann, was ist,
kommt es <u>eventuell</u> zu "Streß"

Bewerte ich <u>jetzt</u>, da ich aufstehn <u>muß</u>,
mein "müde sein" als negativ

Dann gibt es in mir 2 Zustände
  1. müde <u>sein</u>
  2. es nicht <u>wollen</u>

Was <u>passiert</u>, wenn ich nicht-will was ist?

  –

Denken macht es -grad bei müde- schwerer,
einfach mit dem zu <u>fließen</u> was ist.

Macht das Aufstehn DANN schwieriger.

  –

Das Denken, das Ego
könnte jetzt
dem was ist folgen wollen,
dann bliebe es eher im Höher-energetischen.

Oder aber es entscheidet sich,
nicht-wollen zu wollen was ist,

und kackt mehr und mehr
ins nieder-energetische ab,
bis sogar unterirdisch.

Weil es ja jetzt seinen Willen durchsetzen will;
es will jetzt also sein müde-sein "ausleben",
will jetzt weiterschlafen,
will jetzt nicht aufstehn.

Ergebnis: "Ich" bin stinkesauer,
weil ich ausgerechnet jetzt
aufstehn müsse ...
will diskutieren.

Und all das ist so SINNLOS weil
1.   Ich bin müde
2.   Ich muß jetzt aufstehn

Worüber also mit wem
diskutieren/diskutieren wollen?

–

Nichts:
kein Energiepünktchen, kein Bewußtsein, kein Nichts.
So gar nichts mehr was auch nur ein klitzekleines Quäntchen
zieht oder zerrt.

Ruhe ist nur das Gegenteil von Bewegung.
Ah, ja; trotz das Ruhe Ruhe ist, trägt sie quasi
Bewegung in sich, ist "verschränkt" mit ihr.

Wogegen Nichts ABSOLUT ist.

Kehren wir ins Nichts zurück, hört es auf uns
im Spannungsfeld der Dualität hin und her zu zerren.

Im Nichts haben all diese Gegensätze aufgehört.

Und aber ja; nur diese Gegensätze
erzeugen diese Spannung,
erzeugen Antrieb, Leben.

Leben ist quasi
        IM Spannungsfeld zu sein.

ohne Spannungsfeld kein Leben

        –

Müde, anstrengender Tag, danach noch bei Gamma gewesen.

Als ich eben duschte, mich abtrocknete;
ich "wollte" nahezu nieder-energetische Gedanken denken
bzgl. Omega-hier; aber da war nur Zuversicht.

Ja, letztlich so, als ob im Hintergrund
bereits Energien am Werk sind

"Am Ende wird Alles gut.
Und wenn es noch nicht gut ist,
ist es nicht das Ende."

15. Kapitel

Es war … erstaunlich heute;
weil ich erlebte mich immer wieder,
wie ich jungen Müttern zusah
und mich selbst in wenigen Monaten sah.

Es war … selbstverständlich,
so-ist-es

Ich werde mit Klein-Omega in wenigen Monaten
so unterwegs sein

   –

Bettchen.
Ich habe noch einwenig geschrieben.

Abschreiben ist jetzt fertig,
Ich bin fix und fertig.

Morgen kommt dann
punktieren, rücken, hören,

Aber jetzt erstmal: SCHLAFEN.

   –

Nach 4 Stunden, nach 8 Stunden, nach 10 Stunden
aufgewacht.

   nach 4 Stunden knalle müde;
   aufstehn wäre sinnfrei

nach 8 Stunden müde;
aufstehn wollen ... Café.

Ja, nein;
nichts wollen wollen,
sein was ist, wollen was ist.

müde <u>sein</u>, schlafen <u>können</u>,
weiterschlafen

nach 10 Stunden ziemlich wach;
ziemlich lange geschlafen,
ziemlich viel Tag noch vor mir;

ja, doch, aufstehn wollen,

<u>Buch</u> redigieren <u>wollen</u>,
jetzt, demnächst

lach, weiter geschlummert.
    köstlich

    –

Traumhaftes Wetter.

Jetzt sitze ich im Café draußen,
habe lecker gefrühstückt,
lasse mir die Sonne ins Gesicht scheinen.

Traumhaft.

    –

Weiß nicht, mein Körper scheint sich
nicht so richtig schwanger anzufühlen; und aber
mein Sein ist schwanger, bereitet sich auf's Mutter-werden vor.

–

Jetzt einfach nur hier sitzen, sein
scheint gerade in mir nicht möglich.
Omega.

–

Zu werden, was ich schon immer war.
Mutter-werden, werden was ich im tiefsten Inneren bin.

Leben hervorbringen
Schöpfer sein

Leben aus dem Nichts in das Alles zu gebären.
Anderen Seelen Eintritt in das unendliche Spiel gewähren.

–

Omega, Klein-Omega,
das alles fühlt sich am Werden an,
nichts was meiner Kontrolle, meinen Möglichkeiten
unterliegt, sich von mir
beeinflussen ließe.

Bleibt einzig: zu sein.
Augenblick für Augenblick dem Werden
entgegenstreben ohne
zu streben,
nur sein.

Dem Gras zusehen beim Wachsen.

Oder das tun,
was in meinen Möglichkeiten liegt:
Buch schreiben. Bücher, Mehrzahl

Anderen Menschen Möglichkeit geben,
ebenfalls diese Schönheit, diese Lichtheit
sehen zu können, wahrzunehmen.

Oder einfach:

Eine phantastische Erzählung

ANNA KARENINA

Aus den Augen der Liebe ist das Leben ein
wunderschöner Ort. Liebe liebt die Menschen.
Liebe liebt das Leben. Liebe ist auch traurig.

Aber was ist Trauer? Das Loslassen von
Vergangenem. Nichts wehrt ewig. Wir können
hegen, pflegen. Und irgendwann loslassen.

Den geliebten Menschen. Die geliebte Sache.
Unser geliebtes Leben. Um uns aufzumachen zu
neuen Welten, zu neuen Erfahrungen.

Hat dieses Buch berührt?
Verschenken Sie es weiter.

Berühren Sie.